U0021968

STOP!
GUN VIOLENCE

新冠舞男

Covid Gigolo

黃莉翔——著

To Dear Guru

推薦序

Daniel Teitler 唐念德（鋼琴家&專業翻譯）

Covid Gigolo is an exploration of love, sex, romance, and intimacy, but it is also about so many other things. This is a novel that defies genre categorization, a unique work which manages to be equal parts fun, tragic, and instructional. The author, Li-Hsiang Huang, writes with sympathy for all of her characters and their struggles; she presents an exceptionally relatable picture of a man overcoming his inhibitions and transforming himself when it becomes necessary, as it does from time to time for all of us.

（新冠舞男這本小說探索愛情、性、浪漫和親密關係，但也包含人生許多其他的事情。這是一部獨特的作品，它挑戰了流派類別，並成功地提供樂趣、悲劇和指導性。作者黃莉翔對她筆下所有角色和他們的掙扎充滿同情心，並展示了一個與我們相關聯的故事畫面；一個男人努力克服他人生的束縛，並且在必要的非常時刻裡改變了自己，就像我們所有人可能或終究會碰到一樣。）

推薦序

愛慾冒險之後，支離破碎的美國夢如何重生？

李欣嘉（天馬行空電影公司媒體公關）

一位完美無缺的美男子、兩個性格截然不同的台灣女孩、幾名衣香鬢影的美國女人，他與她們之間的糾葛摻雜著慾望、尊敬、相惜，以及幾絲若有似無、難以名狀的情意。難解的緣分、文化的隔閡、立場的衝突、朋友與情人的界線，他們各自以獨一無二的姿態，真切地用肉身感受每一場慾望的邂逅，以及每一次激情過後的動物感傷。

他是眾所矚目的鋼琴王子李風 Victor，頂著台灣之光的光環在被迫按下暫停鍵的紐約大都會夾縫求生。曾經近在咫尺的鋼琴夢，在新冠疫情的侵襲下，成了遙不可及的痴心妄想。大門緊閉的音樂廳、被迫解散的舞團，失去賴以為生的音樂工作，他隱身在以拉丁裔為主的社區度日，每一個寂靜無聲的夜晚，都在在提醒著他身為異鄉人的事實。遙想著鄉親滿懷崇拜的眼神、母親的期待、父親的付出，以及妹妹的一句：「錢不夠要說喔！」衝著這句話，再苦也不能輕言放棄，怎能輕易讓身後的一切愛與期許化為泡影？這時的他想起昔日教授的語重心長：「不管你未來做什麼都行，你不需要被古典音樂、被鋼琴綁架。」

沒錯！行到水窮處，生命只是暫時轉個彎，待一切重新整頓完成，終將回到正軌。如果現在的自己全身上下最值錢的就是這副皮囊？如果女人們對自己的渴望足以支撐起被迫停擺的音樂夢？如果肉體與時間的付出所換得的一身行頭，能讓他理直氣壯地在紐約，這個萬事向錢看的城市昂首闊步，然後大聲向遠方家人說出「我很好！」在一連串的「如果」推波助瀾下，他從此得到了一個全新的名字 Olive，化身最稱職的 Gigolo，展開一場驚濤駭浪的愛慾冒險。直到那埋藏心底深處的台灣女孩輕聲呼喚「我不想失去在台南出生的李風」，隱忍多時的尷尬與悲愴傾洩而出，眼前的城市已踏上重建之路，支離破碎的美國夢又該如何重生？

推薦序

藝術家的人生課題

何康國（國立師範大學教授）

美是奇異的，它是藝術家從世界的混亂和他自身靈魂的磨難中鑄造出來的東西。

——毛姆（英國作家）

Beauty is something wonderful and strange that the artist fashions out of the chaos of the world in the torment of his soul.

—— W. Somerset Maugham

當還不會走路的莫札特爬上了鋼琴的座椅，把他認為心中好朋友的音符們放在一起，彈奏出美妙的旋律與和聲，在一旁的父親心頭震撼：「我的兒子是舉世無雙的天才藝術家，我要親手調教他」，於是莫札特的童年被滿滿的創作以及巡迴演出取代。他的天賦滿溢，每每創作令人讚嘆的天籟之聲，唯獨，他沒有了一般孩童的成長經歷，這也是莫札特成年之後，無法好好的理財與規劃自己生活的最大敗因。

音樂家大多是理想主義者，從小開始練習樂器，生活當中除了音樂之外幾乎不問世事，只為了追求在舞台上那瞬間完美的呈現！而至於如何與圈外人相處？如何謀生？在挫折當中如何調適而維持自己的理想？這是人生重要的課題，可是大多數的音樂家每天絕大多數的時間都是一個人待在琴房中，成為人群中的獨角獸，除了琴房與舞台，其他都彷彿不存在。

然而，真實的生活是殘酷的，在新冠肺炎衝擊的這兩年突顯了這現象。本書作者鮮活的筆觸，敘述了在紐約市的近身觀察，當音樂家失去了舞台，在殘酷的現實生活中不知所措，追求完美的他不願輕易認輸，在理想與現實之間不斷拉扯，歷經了心靈上的巨大磨難，在生活面前他屈服了！在藝術面前他在困獸之鬥！如同那曠世奇才莫札特一般，有著滿滿的藝術天分，但是在面對生活與人際關係，卻像是白紙一張不知所措。

在面臨的磨難之後，藝術家有可能的心靈上獲得更成熟的洗練，能在舞台上有更傑出的表現！但是歷經這樣的磨難，卻不是每一個人都能夠再站起來。本書作者在最後留給讀者自己想像，這位茱莉亞音樂院的高材生，能否在磨難後於舞台上更加出色？如英國作家毛姆所說，經過洗練與磨難後的藝術家靈魂，能夠鑄造出真正的美感。如飽受生活所苦的莫札特，在其人生最後的作品當中，為後世指出未來方向！

推薦序

不管是紐約或台北，愛情的驚心與離奇，都動人，也都對生命有傷感的啟示。
這是一部如音樂的小說，節拍抑揚，曲終了，故事卻作在你心頭，不會散去。

馬家輝（文化評論學者）

推薦序

張己任（前東吳大學音樂系主任）

其實我們每個人都有自己的「疫情」需要走出、需要經過「疫情」後的重生。

COVID19對世界的衝激是全面的，對表演藝術的影響更是史無前例。莉翔的《Covid Gigolo 新冠舞男》小說所述說的是一位台灣的音樂家，在紐約疫情中的生活與生存的經歷，也探討了迷失在疫情中對前途茫茫生命的無助與頹廢。小說中對布希維克的描述介紹讓人如身歷其境。然而讓我感觸最深的卻是書中的主角有「鋼琴王子」之稱的李颪。因為他的經歷讓我想起了我在紐約求學時許多「天才兒童」的身影。

一九七〇年我到紐約曼尼斯音樂院（Mannes College of Music），當時在校內的台灣學生很少，大學部只有我跟盧炎兩人，另一個是在預備班（Preparatory School）的一位小女孩。因為盧炎在紐約的時間比較久，透過他，我認識了不少校外來自台灣的「天才兒童」音樂家，這樣說是因為一九七〇年代台灣仍在戒嚴時期，出國唸書要經過重重關卡，不像現在想走就走，當時十幾歲的小孩要出國除了一些特權階級以外，就只有透過教育部的《天才兒童出國條例》。援用這條例出國的大部分是藝術類的人才，前提是你必須要被專家評定是藝術或音樂的「天才」！（現在在台灣知名的音樂家中，當時以這條例出國的有陳必先、陳泰成、葉綠娜、張瑟瑟、黃維明等。）當時在紐約我遇到的幾位「天才兒童」全是女生，認得她們時，她們都已經不是兒童了，幾乎全都已經從學校畢業。跟她們熟了，不免就聽到了她們的故事，以及她們「聽說」的故事。當時台灣普遍的經濟條件不像一九、二〇年代富裕，有不少是來自公教的家庭，她們的出國肯定是家中經濟上的一大負擔。

聽過她們的故事，最多的就是頂著「天才」的光環與家庭的期望，卻在紐約發現自己實在不過只算「會彈琴」的人而已，想在紐約功成名就，只在是痴人說夢，但又不想讓家人失望，只好盡量尋找藉口，隱瞞事實。有些人無法在相關領域中找到職業，但在異鄉為了生活，只好在餐館或一些小店打工，卻又不敢將事實坦白告知家中。或許是因為女生，有些家庭並沒有在事業上有太大的要求，但卻一直對是否有結婚對象追問不休。好在當時出國不像現在容易，她們的謊言也不會一下子被拆穿。因為深深覺得自己毫無成就，許多人自覺無顏見江東父老而不敢回台灣。當時沒有網路、也沒有現在人手一機的智慧型電話，要跟家人聯絡只能用寫信或偶而使用通話費昂貴的越洋有線電話。許多人說她們跟家人通話時，最怕的兩句就是：「現在在哪裡工作？」及「什麼時候結婚？有對象了嗎？」來自在當時女性自主、愛情、性觀念都被壓抑的時代，她們的壓力、自責及罪惡感可想而知是如何的折磨著她們的心靈。那個時代雖然沒有 COVID，但「天才兒童」的光環、家人過高的期望以及在異鄉的經濟壓力，卻成了她們心中的「瘟疫」。

回台灣後我一直在大學任教，見過很多認為自己的孩子是「天才」的家長，我總是告訴他們，孩子要自己真正的喜歡音樂，才讓他們走音樂的路，學音樂也不一定要靠音樂作為職業。而我也經常鼓勵音樂的學生要有第二專長。莉翔的《Covid Gigolo 新冠舞男》除了愛情故事，也同時讓我看到了一個音樂家的一段人生歷程。我認為這篇小說，學音樂的人要看、家有學音樂的父母要看、當然跟音樂無關的「一般人」也要看。雖然莉翔自己在序文中說：「這是一個限制級、衝擊傳統價值觀的愛情故事。」但在這個時代裡，「限制級」與否恐怕要以讀者個人去做判斷！不過她接下來的話：「但又確實跟表演藝術有關，跟疫情後的重生有關。」我卻是十分贊同的！其實我們每個人都有自己的「疫情」需要走出、需要經過「疫情」後的重生。

推薦序

疫情真的讓我們有疏離感嗎？

隔離跟封閉真的讓人與人之間情感更冷淡嗎？

在一切衝擊都漸漸趨緩後，終究會讓人們內心裡最真實的角落暴露出來。作者莉翔以行雲流水的文筆，編織出層層堆疊卻令人幾乎窒息的愛情多重面貌，像是我們曾熟悉的紐約客故事角色，但同時交織處於另一平行時空之新外來人，產生出一種真實卻又疏離感強烈的奇異氛圍。這是後疫情年代之凋零又重生的愛情新風華……強烈推薦！

張欽全（國立台北教育大學人文藝術學院院長）

推薦序

讀者的視角

莊士杰（紐約地途版主 NYDeTour）

從布希維克的 Variety Coffee Rosters 到 Hell's Kitchen 的 Bar Veloce，從 L Train Vintage 二手店到曼哈頓中城 Nordstrom 百貨公司，從黃再添大哥的「布魯克林藝站」到林肯中心的「大都會歌劇院」，莉翔信手捻來卻又細膩的文字把文青 Café 和越夜越美麗的酒吧、社區商家和精品名店，一個提供年輕藝術工作者棲息的方舟和表演工作者至高的舞台，以及故事人物角色等各個帶著反差但不突兀的氣息氛圍，恰如其分地反映在紐約市裡不同角落的生活日常。

李風與曉鈴的關係在意外的轉折中有預期的結果，後疫情時代的愛情，追求的只是彼此那份一直存在的關心。

熟悉紐約的你，請跟著文字重遊這座城市。嚮往紐約的你，「新冠舞男」堪比「慾望城市」，會讓你想暫時將自己投射成書中主角，造訪故事發生的場景。差別在於，這是真實的紐約。

版主的視角

當焦點都集中在光鮮亮麗的曼哈頓是否能回復疫情之前的榮景，北布魯克林的布希維克依舊上演著尋常紐約客在生活中載浮載沉的真實故事。「新冠舞男」細膩的文字毫不費力地將對布希維克有一份特殊情懷的我帶進故事裡的各個情境場景。

Chispa Café Bar 夜裡晃蕩的靈魂、Variety Coffee Rosters 用蘋果筆電的文青、Maria Hernandez Park 遛狗民眾與顧著冰淇淋推車的墨西哥小販、紐約年度街頭藝術盛事的 Bushwick Collective Block Party 和黃再添大哥創立的布魯克林藝站，莉翔筆下勾畫出布希維克的「地圖」，也是這大城小鎮著實迷人的「地途」。

後疫情時代的愛情「人與人的連結」與「心與心的交疊」之間的紊亂與拉扯，生動的刻畫在故事主角身上。黑暗中以為已經消逝的那一點光，其實從來都沒有離開。

莊士杰：紐約州立大學下州醫學中心藥理學博士，現為紐約州立大學下州醫學中心生理暨藥理系研究助理教授。旅居紐約逾二十年，走遍紐約大街小巷，精準掌握紐約最新生活資訊脈動。

推薦序

陳德政（作家）

我在紐約遊蕩的那幾年，沒去過Bushwick（布希維克）。當年（快二十年了），要尋找刺激帶點邊緣性格的事物，在東村或Williamsburg仍可嗅到一些。

二〇一五年重回紐約，Bushwick（布希維克）成為所有人口中「你該去那裡看一看」的地方，我走出地鐵站，仰望街邊的巨幅壁畫，靈動線條中，想像新一代年輕人在這裡蓋自己的城。疫情將所有人的人生切割成兩岸，這本書，像開了疫情一個無傷大雅的玩笑，而唯有這樣，再次打開自己的想像力與探索內心的情慾，人類才有辦法繼續往前走。

推薦序

黃又文（獨立策展人）

九月某天台北上午九點多，莉翔打給我說她十月會回來一趟，然後把她的新書初稿寄給我看，說我們到時候在台北再聚。

晚上回家迫不及待就著手機一看，跟著莉翔的文字神遊布魯克林的 Bushwick：Chispa、鳥類學爵士酒吧、Knickerbocker Avenue、Variety Café，彷彿回到了那個我第一次在紐約度過的冬天。讀到書中那句「疫情話題是男女相處氣氛的最大殺手」，不禁笑了出來，那是一種被戳中笑點，但是同時也戳中痛處，只能苦笑的感同身受吧。

跟著主角的奇遇，也許有人說是幸運，但我看到更多是在逆境之下的掙扎。從知名音樂學院的畢業生到舞男的經歷乍看之下驚世駭俗，若是對照疫情給世界帶來的滔天變化，我只看到如同你我一般的平凡人想要努力在波濤洶湧的亂世下活下去的無比勇氣，以及寂寞需要互相安慰的靈魂。背景是真實的，人物是虛構的。

也許末日之前緊緊相擁，才是最重要的。

推薦序

疫情翻騰下的慾望城市

楊忠衡（廣藝基金會執行長＆
音樂時代劇場藝術總監）

天災、人禍雖然帶給人們苦難，卻也是激盪、顯現人類思想的實驗箱。那些掩蓋在太平日子、或渾渾噩噩例行起居的人性，往往要遇到非常狀態的攪拌，才能被深層的檢視或體驗。

新冠病毒，不只帶來危害百萬人生命的世紀災難，也許更是上天派來測試人類的黑色使者。看看這三年它帶來多少意料之外的巨變吧！人們以為可以掌控這個世界，此時才驚覺自己的無知與脆弱。人們被迫改變生活習慣、價值觀，甚至大到社會結構、國際關係，乃至對宗教與生命都被質疑。

少年時閱讀卡謬的《瘟疫》，曾經被書中所描述那種荒謬、孤離、絕望的氛圍觸動，沒想到許多從書中領略、本來遙不可及的預言，卻在三年疫情（也許還會更久）

中，活生生的親身體驗。

莉翔的《新冠舞男》給我的第一印象，是一種似曾相識的感覺，宛如《瘟疫》的現代版。現代有網路、有社群軟體、有更組織化的防疫行動，在天災攪拌之下，結果更是五味雜陳。如同莉翔本人所說，原想「對紐約表演藝術在疫情後重生發展，做個正正經經的紀實體驗」，沒想到意外轉換成一部小說。看過這本書，我只能讚嘆，若非這樣書寫，還能有更恰當、更忠實、更深刻、更打動人的方法嗎？這本書讓人看到直陳眼前的處境、活生生的人物、真實的心理和感情，比任何論文、數字和圖表更能讓人心領神會且難以忘懷。

誠然，疫情造成的扭曲世界，有太多層面值得描寫。但就紐約（光是這個城市，就有特定的指涉和代表意義）的音樂、藝文族群來說，莉翔確實做了一次真切而全面的掃描觀察。同時她藉由書中人物探討了生命中最基本，也可能是最重要的「愛」與「性」。莉翔引述瑞典導演柏格曼的名句：「人生是段苦難的旅程，不值得信賴的愛情卻是唯一的休息站。」點出核心宗旨。疫情來得既急又猛，而且覆蓋全球，完全不是當年的區域性可比擬，那是一個任何交通工具都逃無可逃的絕境。人們只好一邊苟且偷生，一邊試圖解放慾望與愛情的壓力與折磨。

誠然，慾望與愛的課題並不是疫情期間所特有，只是因疫情而誇大現形。我們也藉由作者的陳述一同起伏、激亢、失落、焦慮和反省思索。新冠這個黑色使者遲早會離去，許多被掀開的不堪也可能再度被覆蓋，但是漫長的苦難長河並不會停歇。人們仍然渴求一個又一個浮木或沙洲，尋求短暫而不可信的慰藉與安撫。莉翔啟開問題的封印，人們好像燈亮時發現赤裸而難堪的自己，未來何去何從？相信每個人都會有自己的答案。

最後，莉翔豐富而第一手的音樂、藝術知識，為這部小說提供無可質疑的說服力和可讀性，閱讀起來有置身那個灰暗欲望城市的臨場感，值得至情、至性的紅塵男女細細品味。

推薦序

葉良柳（李齊愛樂 Chi Harmonic 經紀人）

在精彩的故事之前說話不是一件容易討好的事。寫序表示我看懂了，但我不能說我看懂了什麼，這部分只能讓眾多看倌各自解讀。

莉翔是我認識N年以上的朋友，因為是君子之交，所以才能在N年之後仍然有幸做她的「首席」讀者，是榮耀，更多的是溫馨。

作者在年少輕狂時，執著於藝術，隻身前往歐洲習樂，返國進入唱片界，叱吒風雲，她的青春，堪稱是台北文化圈的一片華麗光影，在那個音樂藝術盛行的年代。回到故事吧。這本書最讓我感傷的是，父親躲在門外偷聽兄妹倆的對話，最後默然轉身離去的畫面……，真是令人心碎。藝術是貴族的遊戲，需要耗費時間和財力去完成。對於一般普羅大眾，只能靠勇氣和毅力圓滿。

最後，我以過來人的身分奉勸所有熱衷藝術的朋友，保持距離，熱愛它，切勿深陷其中。我想，莉翔亦有同感吧？否則怎能寫出如此殘酷的「情」、「色」小說呢？

推薦序

無所畏懼

溫筱鴻（時尚CEO）

我所認識的莉翔一直以來是個文藝派女人，疫情爆發後的一年她獲得美國國務院傅爾布萊特計畫（Fulbright Program）的支持在紐約大學擔任訪問學者，計畫結束後原以為她要跟我們分享紐約表演藝術如何重生的探索觀察，結果她竟然寫出這個讓我驚訝不已的故事。

疫情衝擊後我們多數人更渴望安定和平靜的生活，但莉翔卻反其道而行，她以驚奇的勇氣離開舒適圈遠赴異鄉，無視時空環境、年齡、語言、角色、文化和地域……等所有變化帶來的挑戰和困難，用奇妙的眼光探索世界和理解人性，勇敢跳脫現實社會的所有框架，以這本奇情小說回應人生的無常和世事多變。

讓我感到最不可思議的是：她竟然將表演藝術的重生概念貫穿在如此私密的情慾世界裡，她的奇特我實在無法以筆墨來形容，但我想她之所以有這麼多的「奇風格」，因為她就是對世界、對人生與對一切無所畏懼的莉翔。

推薦序

從人琴俱亡到匹馬一麾

謝淑文（台灣藝術大學跨域研究所專技助理教授）

午夜十二坐在電腦前，一字一句讀著《Covid Gigolo 新冠舞男》這本小說，或許是桌上那杯金黃威士忌的關係吧？我顯得格外多愁善感，有一刻我彷彿回到當時燈紅酒綠，人來人往的紐約，一個陪伴我成長，令我懷念的城市。讀完之後，我像稻草人似的坐在電腦椅上，情緒線有如一堆打結的電線般混亂，我起身到廚房洗了那陪伴我讀完這本書的威士忌杯，嘴角突然揚起一抹微笑：「李風啊李風！你真是個勇士！」

這是什麼樣的一本書？我回想著莉翔那智慧的臉龐，終於明白她寫這本書的用意。這是一本哀傷而勇敢的書。一個淪為舞男的鋼琴家看似哀傷，卻很勇敢。疫情過後有多少藝術人不願為五斗米折腰，而不僅葬送事業也放棄夢想，整日抱怨社會不公，鬱鬱寡歡，責怪疫情的衝擊，連暫時去送個外賣維生都不願意，最終開始怨恨藝術，怨恨自己過去都浪費了生命在一個錯的行業上。而李風不然。李風的人生劇本看似悲慘卻也精彩。同為古典音樂人，我想我們非常明白李風的掙扎以及曉鈴對於「鋼琴家」這職業的顧慮。主角李風所就讀的茱麗亞音樂學院堪稱非天才讀不到的音樂學院。然而生命中最諷刺的是，當你以為你足夠優秀就可以衣食無憂的時候，生活打了你一巴掌，甚至讓你懷疑自身存在價值。在疫情開始後李風才終於從音樂的神壇上走下來，為自己的生存負起了一些責任。雖然對於許多道德主義人士來說，很多事情可以做，你為什麼選擇當舞男？猶如李風的家人知道詳情後感到的羞恥與悲傷，這樣的選擇在東方是不能被接受的。

此時我又對作者黃莉翔感到無比佩服，這需要多大的勇氣才能寫出如此毫無框架，且挑戰所有表演藝術人價值觀，倫理觀，以及道德觀的書？

李風為了在紐約生存下去而意外接受了陪伴孤獨富家女人們的工作，一開始他不願意，但是似乎為了生存，他心一橫做下去之後，發現自己竟然也發揮了某種價值。從靈性角度來看，他也幫助了這些女人度過了人生中的黑暗時光，而這些女人們也因李風而得到情緒上的舒緩，間接讓她們得以在社會上有所貢獻，我們藉由這本書看見宇宙合一的精神。音樂的素養所賦予他的價值並未藉由開音樂會或是出唱片而顯化，宇宙像個調皮的孩子，用間接的形式送來一個黑盒子禮物。而這個禮物，藏著許多好種子。他藉由這份工作了解另一個世界；他藉由這份工作發揮自身溫暖；他藉由這份工作發揮所長；他藉由這份工作學會了陪伴與同理心；他藉由這份工作體驗各種生命的意義；他藉由這份工作走下神壇，從凡人的角度看音樂，並藉由為這工作畫下句點而重生。

這是一本勵志小說，我認為所有只專心活在自己藝術圈內練習，不用打工，可以只靠家人養的人一定要看。看書時不帶任何批判，去體驗李風在疫情期間為自己生命添加的色彩；去理解他與這些女人們的相處經驗，如何為他的音樂添加更多的層次。

回想昨晚當我像稻草人一樣攤在電腦前時，那凌亂思緒來自一位天才的受害與社會不公。然而一轉念，才發現每一個人生劇本都有其精彩之處。猶如李風的希臘鋼琴教授過世前對他說的話：「不要被鋼琴綁架」，李風勇敢地迎接生命給他的每一個挑戰，也欣然接受了上帝送給他的每一個禮物，而我們是否也能像李風一樣，在逆境來時勇敢接納生命的現實，並在順境到來之前勇敢捨棄那階段性任務？

作者序

這是上天送來的禮物。

原本應該寫一本關於紐約表演藝術在疫情後的重生發展，正正經經的紐約紀實體驗，結果三月三十一日那天傍晚天外飛來一個故事，完整的人物和情節全部矗立在腦海中。我像中到樂透大獎般驚奇興奮，緊緊抓住這個故事，日以繼夜地寫下來。

寫完後朋友們驚嚇發現這是一個限制級、衝擊傳統價值觀的愛情故事，但又確實跟表演藝術有關，跟疫情後的重生有關。

我寫完了，將上天送來的禮物打開來，讓大家看到了。

目錄

STOP

1

■布希維克的冬天

布希維克

Bushwick

布希維克的冬天深夜，格外安靜寒冷。

晚餐過後，除了幾條商家聚集的主幹道還有人在走動之外，布希維克安靜得像一個無人社區，因為這區的居民多半是勞工階級與拉丁裔移民，早睡早起為生存打拚的生活模式完全不是我們熟悉的不夜城紐約，但這裡是紐約，另一個更真實的紐約。

在國際觀光客的地圖上布希維克幾乎是不存在的，但對於住在這裡的紐約客與移民客來說，布希維克是異鄉人的小家鄉。這裡沒有高聳入雲的摩天大樓，最高的建築物頂多六層樓高，曼哈頓特有的寂寞和孤獨，以及好萊塢電影中追求美國夢的雄心壯志，都被這裡質樸的生活氣息稀釋掉了。街坊鄰居之間即使陌生也奇妙地存在著單純簡單的互動，大家都不是有錢人，人與人之間用不到太多心機，紐約街頭常見的流浪漢們也不會來這裡要錢，槍殺搶劫和種族仇恨的衝突也比其他區域少很多，意外地讓這一區治安良好，讓現在的布希維克總是瀰漫著一股溫厚知足的小溫暖。

現在任何人走在布希維克街上，都很難想像這裡竟然有過猖狂黑暗的過去。一九七〇年代的希希維克可是槍林彈雨、暴民充斥的大毒梟窟，大蘋果紐約邊緣的一塊惡性腫瘤，當時這裡像大戰後的危險廢墟。歷經漫長曲折的變化過程，半世紀後變成許多曼哈頓年輕創作者趨之若鶩的生活天堂。這些紛紛遷移到這裡的時髦新移民，以及隨之開張的咖啡館和酒吧，還有近年來最知名的塗鴉藝術活動，不小心吸引了不少紐約本地人到訪參觀和消費，不小心提高了房屋租金，讓近百分之八十拉丁裔居民默默地搬到離主幹道較遠的社區，沒有發生強烈的抱怨和衝突，畢竟半世紀後的現世安穩得來不易。

不過，此刻布希維克最不平凡的是這裡住著三個名男人。

第一個名男人是喬（Joseph Ficalora），大家暱稱他為鄰里小子「neighborhood kid」，讓布希維克華麗轉身為紐約藝文新天地的傳奇小子。在布希維克出生的鋼鐵工廠之子喬，從小義大利裔移民的父母就不讓他在外面玩，因為走出家門就是妓女和毒品。但是一九九一那一年父親在街道上因錢包和脖子上一條毫無價值的項鍊被刀砍死，那個時候喬才十二歲，幾年後母親又因病過世。在失去父母的社區裡恢復正常生活是不可能的事，傷心欲絕的喬拉下了工廠鐵門，走到牆角看到塗鴉又想起父慘死街上的心碎回憶。

但是有一天他突然想到乾脆找人將整面牆重新塗鴉，抹去過去所有的回憶痕跡，碰巧當時很多塗鴉藝術家在曼哈頓找不到大型免費的牆面可以發揮，於是在喬的邀請下來到布希維克。當時這區的工廠老闆們根本不在乎有誰在生鏽的牆面上畫了什麼東西，而創作飢渴的藝術家們卻化腐朽為神奇，意外的藝術行動越滾越大，工廠區內所有的大型牆面突然變成紐約最新鮮的無牆美術館與塗鴉藝術家的創作舞台，意外翻轉了布希維克的命運。喬創辦的 The Bushwick Collective 從二〇一三年起變成每年夏天布希維克的盛事，吸引眾多紐約客和知情的觀光客前來朝聖，除了疫情衝擊的二〇二〇年被迫停辦。

喬成為布希維克最知名的男人，上遍全美大小媒體，還有導演將他的故事拍成影片。

喬是檯面上的傳奇故事，但是，遠遠早他十年，在檯面下默默做了更多公益的白髮頑童 Patrick Huang（黃再添），則是更值得台灣讀者認識的布希維克的第二個名男人。

四十年前白髮頑童 Patrick 從台大社會系畢業後來美國密西根大學攻讀政治社會學博士，因緣際會放棄學位投身海外台灣民主運動，為了方便聯繫北美行政工作來到當時沒人敢來的布希維克設立辦公室，而後並將家人接過來定居在此。為了生存，老婆開始經營房屋管理小生意，然而當時的布希維克黑道幫派林立，Patrick 的辦公室隨時都要藏把槍；不料有天身材瘦小的他因房屋管理糾紛被黑道兄弟打得遍體麟傷，躺在醫院病床上奄奄一息的他，竟然打通電話請他的德國好友來醫院接他出去見仇人。全身包裹著紗布的 Patrick 一出現，像極了活生生的木乃伊，黑道兄弟都嚇壞了，從此大家相安無事井水不犯河水。房屋管理生意穩定之後，他買了一棟靠近 L 線地鐵站的房子，大幅整修後取名為布魯克林藝站 BAS（Brooklyn Artists Studio），每晚五塊美金住宿費招待剛到紐約的台灣藝術家與創作者，提供他們一個安頓身心的地方後有充裕時間找長期居住的住處，自二〇〇三年至今已經幫助過上千名的台灣人了。這一晚天價五美金的 BAS 和白髮頑童 Patrick 已然是布希維克歷史上的一頁傳奇故事，世紀疫情爆發兩年後才終於獲得美國媒體的關注和報導。

神奇的是，因為 Patrick 才有了第三個名男人李風。

二〇二一年入秋的某一天，我到布希維克找 Patrick 聊天，當我走出地鐵站前往 BAS 布魯克林藝站的路上，前面一個高挑精瘦、體態優雅的光頭男人吸引了我的目光，他穿著一件黑色短皮外套與直筒牛仔褲，白皙略黃的雙手搭配著直挺的高腰杆，加上異常好看的頭型，即使我只看到背影，仍然可以感覺到他渾身散發著一股與眾不同的氣質。他絕對不會是拉丁裔居民，也不像是美國人或亞洲人，我好奇地悄悄加快腳步趨身上前，不算窄的行人道掩蓋了我的意圖，就在我快要看見他的臉龐時，他突然往左看了我一眼，友善但沒有過多表情的一眼，然後在前方街角右轉走往另一條街道。

「天啊！竟然是個亞洲男人！而且……真好看！」我心中驚嘆又驚豔。

感謝上天這時候街角馬路口亮起紅燈了，我從來沒有像此刻這麼喜歡紅燈，可以讓我合情合理的站在街角上東張西望。我目不轉睛地緊盯著他慢慢走遠的背影，「真是布希維克稀有的亞洲男人」我心想著。

五官立體端正，一雙大小適中的眼睛與濃眉，有稜有角的臉龐但又具斯文氣質，清澈明亮又靈動的眼神裡裝著滿滿的故事感，注視著黑暗的故事感。

他是誰？半年之後，他是這本書的男主角李風。

李風

Victor Lee

李風跟布希維克的這一則奇幻故事要拜世紀疫情和美國朋友 Aaron 之賜。

他住在布希維克環境比較髒亂的住宅區，左鄰右舍幾乎全是說西班牙語的拉丁裔居民，其實這才是真正的紐約生活面貌之一。李風住在一棟外牆斑駁老舊的四層樓公寓，在這裡開始他疫情後新時代的新生活。二〇二〇年三月二十日那天開始了「紐約州暫停」（New York State on PAUSE），李風跟所有表演藝術人一樣一時之間集體被迫步上前途茫茫的新未來。他原本靠在法拉盛教鋼琴和擔任舞團排練的鋼琴伴奏維生，而這樣的工作當然在新時代裡的第一時間被迫消失。

他兼差工作的那個舞蹈劇團也即刻宣布關閉，舞團創辦人又不幸確診，成為人類對病毒最恐慌的第一期的受害者與犧牲者。劇團裡多數的美國舞者紛紛離開紐約搬回小鎮老家，但劇團台柱 Aaron 不想離開紐約，但他的加拿大室友搬回 Montreal 老家了，Aaron 即刻問李風要不要搬到布希維克跟他一起分租這間兩房公寓。房租加網路水電只要八百元美金，李風一聽比他在法拉盛的房間便宜五百元美金，同時他也很清楚自己銀行帳戶裡的餘額數字，所以他連布希維克在哪裡都沒問，馬上答應 Aaron 很快打包行李後，就搬到布希維克 Bushwick。一個陌生但改變了他的命運的布希維克。

Aaron 是個服務周到的二房東，他跟鄰居借台車幫李風搬家，從法拉盛開車到布希維克並不遠，但對李風來說是另一個新世界。從華語區到西班牙語區，人事物都截然不同，車子駛進布希維克後，李風發現這裡處處可見牆面塗鴉，其中畫著一個有翅膀的小孩對著蝴蝶祈禱、寫著停止槍擊暴力標語和雙指指向天空的牆面，讓李風感到震撼又不安，「這裡治安很差嗎？」他問 Aaron，「不，這裡治安好得很！」Aaron 笑著回他。

李風一時間覺得自己問了一個愚蠢無聊的問題，一個前途茫茫的人根本不需要關心治安問題，生存下去和未來到底在哪裡，才是他要面對的。

他來美國打拚為了追求成為國際鋼琴家的大夢，但沒想到等待一紙合約的機會如此渺茫，加上疫情衝擊直接毀滅所有的期待，他的美國夢破碎了。不過他不打算逃走，他也不想告訴任何人。他心裡總是隱隱約約有個東西，即使在最壞的新時代裡，即使眼前盡是黑暗，但他似乎可以看見那個東西在黑暗的遠方注視著他。

李風搬到布希維克後的一年半時間裡，過著平靜單一的生活。平日下午他在一家哥倫比亞裔老闆娘開的麵包店內打工賺錢過活，老闆娘因為他的長相俊俏而雇用他，「我的麵包店都是老顧客，疫情期間大家還是要吃麵包，大家日子都不好過，我要加點讓客人賞心悅目的 Bonus，就是你異國風情的帥氣。而且你是我見過最高的亞洲男人。」麵包店的工資微薄，但老闆娘每天都會送李風兩個五穀可頌，店內每天銷售一空的人氣商品，所以李風也就不計較薪資了。只是需要不定時閃躲老闆娘妹妹那雙色瞇瞇的眼睛。

自從李風成為布希維克的一份子之後，曼哈頓的春夏秋冬和疫情後的重生喜悅似乎跟他無關，他就像是一個躲進這個拉丁裔世界裡過著冬眠儀式的動物，不是在麵包店打工，就是在街上閒晃，不然就是經常靠在屋內客廳窗戶盯著天空看老半天；唯一跟他交談最多的人類是 Aaron，而他唯一的社交場合就僅是那家麵包店。或許冬眠對於茫然的李風來說是一個蛹化的過程，而布希維克是他最好的一根樹枝。

入冬的這天凌晨三點半，李風的手機突然響起，他在半夢半醒中接了這通電話，心頭浮上恐懼和憂慮：「該不會是台灣的家裡發生什麼事了？」

「Hello！Victor，我是 Rose。」

「……Rose？」李風揉揉眼睛想看清楚手機上顯示的名字是誰。

「Rose……曉鈴是妳嗎？」清醒幾秒後他似乎認出這個聲音。

「喂！李風！你不想活了是嗎？你竟然沒將我的號碼和名字輸進你的手機裡？」

曉鈴叫罵了一聲。

「不是啦！妳的號碼在我台灣手機裡是妳的中文名字！」

「台灣手機？哪個牌子的？跟我說！你這老鄉親！」

「Asus，我妹送我的生日禮物，她用她當公務員的年終獎金買給我的。」

「你妹對你真好，我哥和小弟根本不理我……」

「嗯……妳好嗎？曉鈴，三更半夜打來是發生什麼事？」

「哎呀！我忘了我們有三個小時的時差，抱歉啦！我是要跟你說下禮拜我計畫去紐約過個奢華的聖誕節，犒賞我自己。因為最近我一位大客戶提前將尾款匯給了我，真是開心！他們很滿意我的設計！耶！我可以去住你家嗎？我不想花大錢住昂貴的紐約飯店，我想花大錢請你吃好幾頓大餐如何？」

「是喔！恭喜妳！但是曉鈴我現在住在布希維克 Bushwick，這裡……」

「布魯克林的布希維克嗎？我知道那裡啊！紐約塗鴉藝術的新天堂。哇！你現在變得這麼文青喔？真不愧為是鋼琴王子！哈！」

「我不是住在塗鴉藝術密集的那個時髦區，我在邊緣，布希維克的勞工移民區，妳不要有浪漫的幻想，走路到地鐵站要十五分鐘……」

「放心！我很實際的，錢要花在我想花的地方，所以我才問你要不要收容我住宿幾天啦？」

「妳周曉鈴小姐都開口了，當然沒問題。告訴我妳哪天到，我在家等妳。」

李風和曉鈴說完電話後睡意全消，曉鈴說要花大錢請他吃大餐，他很久沒吃大餐了，應該說他很久沒有能力吃大餐了，已經快要忘記吃大餐是什麼感覺。而曉鈴這個相識已久的老友竟然混得這麼好，豪邁地對他說：「我想花大錢請你吃幾頓大餐如何？」真是讓人百感交集。

曉鈴是個實際但率真可愛的台灣女孩，從他倆一開始認識到現在都沒變，變的是他跟她之間。

台灣朋友圈聚餐時相識，在全場都是直順長髮的女孩之中，曉鈴一頭俏麗短髮很顯眼，而李風當時剛剃光頭，在髮型幾乎相似的台灣男孩中也很顯眼。

李風看了曉鈴一眼，她也回看了他，兩人眼神三秒鐘的交會裡，似乎有些事情發生了。

在自我介紹時，曉鈴說她是台南人，寡言的李風竟然當場用台語問她住在台南哪裡？曉鈴用瘸腳的台語回說老家在善化糖廠附近。李風笑著回說妳怎麼會是台南人，台語講得這麼不流暢？曉鈴一臉不開心的說她六歲就跟著父母搬到台北了，很少有機會說台語。李風不放過她問，你們在家不講台語嗎？

「關你什麼事。來！我們大家來乾一杯，不要理這個光頭男。」曉鈴轉頭笑著對其他人說。

聚餐到一半的時候，曉鈴走到外面抽菸，李風見狀也跟著出去，即刻拿出打火機幫她點菸。

兩個在異鄉相遇的同鄉人一起靜靜地抽著菸，煙絲飄渺中牽引出無聲又奇妙的親切感。

李風抽完菸後低頭輕聲地說：「我小時候常去善化糖廠買冰棒吃。」

「我也是，但搬到台北後就沒有了。」

「對不起，我剛剛跟妳開玩笑的。」

「嗯……感覺你確實沒有真正的惡意。」

「很高興妳也是台南人，而且我們還吃過同樣的冰棒。」

「我們兩個現在也是今晚全場頭髮最少的人，哈……」

兩個人開始像久別重逢的老友，臉上掛著滿滿的燦爛笑容看著對方。

「妳唸什麼的？」

「設計，我在Parson School（帕森設計學院），你呢？」

「鋼琴，我在Juilliard School（茱莉亞音樂學院）。」

「喔？真可惜！」

「什麼意思？」

「古典音樂家是我交男友名單上的拒絕往來戶。」

「為什麼？」

「收入不穩定，夕陽產業的小貴族。」

「妳很現實。」

「我很實際！不實際能在紐約活下去嗎？」

「也是……」

「你真的要當鋼琴家嗎？」

「我喜歡彈鋼琴，這是我最會的本事，我也只會這個了。」

「台灣不少學古典音樂的人到紐約後開始轉行，你知道嗎？」

「不清楚，我認識的人不多。」

「感覺你活在你自己的世界裡……」

「關妳什麼事！」

「哈哈哈！你學我說話。你知道嗎？最適合你的是科技有錢女。」

「那妳呢？華爾街金童？哈哈哈！妳好現實。」

「請更正，我很實際。」

李風跟曉鈴兩個人像彼此調侃的老同學，臉上滿是捉弄、率真的笑容看著對方。

「李風我跟你說，剛剛坐在我旁邊那位清秀美女叫彭郁文，她在Stern scholl（紐約大學商學院），她跟我說她以後想去科技公司上班，而且她在自我介紹的時候只有你一個人跟她對話，講著我們都聽不懂的電影。後來我發現她一直偷偷注意著你。」

「妳不是一開始也偷偷注意著我?」

「是啊!但可惜你是個鋼琴家,哈!」

那次聚會之後他們常約出來吃飯聊天,兩個同鄉人就像哥兒們打打鬧鬧,有時候互相抱怨當時各自的男友與女友,有時候一起想念善化糖廠的冰棒。李風始終堅持要當鋼琴家,曉鈴則毫不掩飾自己對鋼琴家的鄙視和偏見。鋼琴家這個職業莫名其妙熄滅了兩人當初那三秒鐘,一見鍾情的浪漫。

浪漫熄火之後,留下了餘溫,這個餘溫有個平凡但又不平凡的名字叫緣分。

沒有人能真正說得清、看得清感情這個世界,尤其緣分這兩個字。英語的世界裡沒有百分百能夠傳達這兩個中文字的字彙,似乎 Serendipity 可能比較接近一點。光是去探究緣分和 Serendipity 這兩組字,就體會了東西方感情世界的微妙差異,而這個差異似乎也呈現在東西方人們於愛情的價值觀。

而女人和男人選什麼時間打電話給對方,也有其思考上的微妙差異。

李風覺得曉鈴在冬夜凌晨來電根本不安好心,他不相信她忘了時間,他堅信她就是不讓他好睡。

他從床上爬起慢慢走向窗戶邊,靜靜聽著窗外風聲颼颼叫著,心裡的風也跟著布希維克的風一起吹嘯了起來。李風從小就對風很敏感，因為那是母親為他取的名字。母親出身新竹，她總是說新竹是風城，每當她心情好的時候就會說出這句話：「有風就有故事，李風啊！你會是這世界上最有故事的好男孩啊！」

但是今夜的風很苦，此刻他心裡的風像撒在他靈魂傷口上的一大把鹽巴，一陣又一陣的刺痛在安靜的冬夜凌晨裡特別難受。他想到過世的母親，想到她用生前所有的積蓄送他到紐約茱莉亞音樂學院念鋼琴碩士。畢業後的一年裡李風一直找不到全職工作，正想跟家人商量是否回台灣謀職的時候，他竟然幸運地抽到綠卡，當時為他感到開心的曉鈴說：「你媽在天上有保佑你喔！」但此刻他的美國夢卻幾乎蕩然無存，想到這些年來都是靠打零工，苟延殘喘地賴在這文青終極夢想之城。

疫情前兼職舞蹈學校的伴奏是唯一跟他的專業鋼琴家有關的工作，少數零星的室內樂演出收入少得可憐，根本沒有任何一家演出經紀公司要簽約他；應徵學校音樂老師又卡在語言障礙上，再怎麼省吃儉用也敵不過紐約這個大錢坑。更何況該死可恨的疫情來襲，日子簡直比地獄難熬，搞得他好幾次站在地鐵月臺上，當地鐵進站時真想衝動地跳下去死掉算了。可他每次都覺得雙腳不知被誰綁住動不了，「是母親嗎？」李風心裡想。

李風心裡吶喊著，地鐵呼嘯而過之後，他蹲了下來雙手抓著鞋子，淚水一滴滴落在鞋子上。

那雙裝滿淚水的球鞋後來就掛在牆壁上，叮嚀著李風：「活下去。」

母親生前常數落他：「你不要太好強，這對身體不好的……」

李風念了兩年名校已經花光了母親半輩子的積蓄，他不願意開口向父親要錢。父親去年被大姑姑倒債，靠著一份台南市政府科長的薪水隱忍過著簡樸的日子，懂事的妹妹放棄想當廚師的夢想，努力拚命考上公務員，用穩定的小收入幫父親分擔債務。台南家的鄰居們，這些外人看不到這個小家庭的辛酸和辛苦，每次在巷口遇見父親和妹妹都要說上幾句：「哎呀！你們這個書香藝術世家真讓人羨慕，女兒乖巧會念書，帥哥兒子又留學美國。我們都說李風是我們的鋼琴王子呢！哪天他載譽歸國開演奏會，一定要提前告訴我們！我們會去買票看我們鋼琴王子的演奏會！」

每當妹妹說著鄰居們熱烈的期待時，就是李風內心最痛苦的時候，他們口中那位「鋼琴王子」現在正靠著不穩定的小收入過一天算一天，在布希維克的冬天裡苟活著。

2

■火花 Chispa

——一家位於布希維克聖尼可拉斯大道 St Nicholas Ave 上的咖啡酒吧，改變很多人命運的傳奇空間。

「Victor！快起床啊！你忘了今天我要帶你去見我老闆？我們約上午十一點耶！現在已經十點半了！你忘了嗎？」室友 Aaron 用力敲打著李風的房門大聲說。

「Aaron！我馬上起床！對不起！我睡過頭了！」李風緊張地滾下床。

室友 Aaron 前幾天終於說服他的老闆 Michael 讓他見見李風，其實就是幫李風爭取在店裡打工的機會。Michael 在布希維克的好區——白人新移民居多的街區巷口經營一家咖啡酒吧 Chispa 多年，從早上七點營業到凌晨兩點，跟所有的店家一樣在疫情最嚴峻的時期關閉，直到今年夏天重新開張。

Aaron 和李風相識於舞蹈劇團，一場世紀疫情兩人同時失業，疫情雖然趨緩但劇團宣布永久停業。來自芝加哥的 Aaron 是個俊秀開朗的美國男人，人脈極佳的他很快在朋友的通報下從哈林區搬到布希維克這間租金更便宜的小公寓，同時在劇團導演的介紹下在 Chispa 這家店擔任 Bartender。Aaron 渾身充滿藝術家的氣息，但又毫無藝術家的身段。他信奉真實和現實，他常跟李風說：「紐約是富人的天堂，窮人的地獄，而我們幹藝術的，在天堂和地獄中間讓自己活下去就對了。」

李風和 Aaron 兩人從住處小跑步到 Chispa，到了店門口看見老闆 Michael 站在街角抽菸，Aaron 一臉歉意。「哈囉！Michael！抱歉我們來遲了！是我睡過頭了。」

Michael 手拿著菸輕輕揮了揮手說：「沒關係！進去店裡面聊，外面太冷，看你們要喝什麼自己點，我請客。」

Aaron 吻了一下 Michael 的臉頰，用溫柔的語調說聲謝謝後，拉著愣在一旁的李風走進店裡，兩人各自點了飲料坐在吧檯等 Michael。

「Aaron 謝謝你，我欠你。」李風低聲說。

「我喜歡別人欠我人情，Victor。」Aaron 瞇起眼睛笑著說。

Michael 抽完菸後走進來，他靠站在吧檯對李風說：「Victor，實際上店裡根本不缺人手，這麼小的店我們甚至人手太多了，但 Aaron 求我讓你排進來打點工掙點生活費，說實在，我最多只能給你今天星期一和星期二晚上的班。Aaron 說你會彈琴，我就讓你幫忙這兩天晚上的活動。這兩晚是 Open mic，客人會多一些，我最多就這樣了，希望你了解每個人都跟我要更多的排班，我盡力幫忙你們了。如果你同意，就從今天開始；如果你不接受，就當作客人留下來吃點東西，我請你。」他一口氣將該說的話全部講完，李風點頭握著他的手連說了三聲謝謝，Aaron 再次吻了一下 Michael 的臉頰，Michael 回吻了他，然後拍了一下李風的肩膀後說聲再見就離開了。

Michael 外表看起來像極了美國西部牛仔電影中的典型硬漢，高大強壯話不多，但一旦開口會很乾脆的說完全部想說的話，然後安靜酷酷地消失。他在布希維克這個社區裡顯得非常突兀，因為你在這裡看到的男人們多半是不高微胖的拉丁裔男人，他跟 Chispa 是布希維克稀有的人事物。

「Aaron 謝謝你，可以在這工作兩個晚上我就很高興了。」李風興奮地說。

「我警告你不准表現太優秀搶我的班，聽到沒？」Aaron 回他。

「我不敢，你是我的小老闆！」李風真的是這麼想的。

「店裡那台小鋼琴可以讓你彈得夠，但是千萬別期待有人會給你小費，這裡是布希維克不是曼哈頓，懂了嗎？」Aaron 指著吧檯旁的鋼琴說。

李風開心地仔細打量著 Chispa，這家收容他的小天地，是他打工生涯裡最美、最獨特的一家店，「店名取得真好！Chispa 西班牙的火花！」他內心讚嘆。

Chispa 完美地坐落在布希維克稀有的乾淨街角，顯然這一區住戶多為新移民。入口的整面落地窗和另一面窗戶牆面讓 Chispa 吸收滿滿的光源，從早上七點的清晨白光到凌晨兩點的路燈黃光，變化多端的光線舞動在這小天地裡真是美不勝收。對於瘋狂愛看日出日落的李風來說，Chispa 就是他的美術館，能在這裡打工賺生活費，又有鋼琴讓他彈得過癮，李風第一次感受到布希維克的美好，稀有的美好。

大約二十多坪狹長型的室內空間因為光線充足顯得寬敞——L型藍紫色吧檯、一整面嵌入一個大電視的酒櫃與四張古典風格的木質高腳椅，呈現低調但風情萬種的紐約酒吧風格；室內天花板如同一大幅金箔與斑駁交織的藝術品，成就 Chispa 獨有的味道；牆面掛著不同風格的畫作、攝影作品以及啤酒商標彷彿一幕幕靜止的電影畫面。加上室內懸掛著各式各樣的燈飾，說這裡是紐約電影棚現場一點也不誇張——一個時間靜止於八〇年代的迷你電影棚。

李風不僅用眼睛貪婪地欣賞著 Chispa，他更想張開全身的細胞，盡情地收藏此刻環繞著他的一切視覺饗宴。

「Victor？Victor！你在發什麼呆啊？」Aaron 搖著他的肩膀說，

「喔！沒啦！怎麼了？你要走了？我們一起走吧！我要回去補眠晚上才有精神打工。」李風說。

「你自己先回家，今天中午有人請我吃午餐，拜拜！」Aaron 對他眨眼笑說。

Aaron 吹著口哨推開店門緩緩離去，李風看著他的背影心想：「什麼時候我也能夠像他一樣活得那麼自在？那毫無壓力與壓抑的背影真是好看！」

李風過了馬路後站在街角回看 Chispa，醒目的桃紅色招牌垂直橫跨於牆面，上面畫著咖啡杯與啤酒杯互相乾杯，熱情地向李風招手，「火花！火花！我需要你！」李風心中吶喊著。

晚班六點開始，李風提早一小時到 Chispa，跟晚班同事 Eric 學著熟悉店內備品和晚上 Open Mic 的準備。Eric 是位業餘的吉他手，他笑著跟李風說紐約每一個街口都能撞到像他這樣的業餘吉他手，但李風聽他演奏時一點也不相信他是業餘的。Eric 的技巧和音色簡直比他在茱莉亞音樂學院主修吉他的同學們還要厲害，他就是一個隨時可以登上卡內基廳舞臺表演的專業音樂家，怎麼會說自己是業餘的吉他手？

Eric 只有星期一晚上在 Chipsa 打工，主要負責張羅和主持晚上八點到十一點的 Open Mic；而每週一 Eric 主持的 Open Mic 是 Chispa 客人最多的時段，所以 Michael 才方便同時安插李風進來。當然 Michael 跟 Eric 說若演出人員需要鋼琴手的時候隨時會請李風幫忙。

在 Chispa 打工的員工都會各自負責晚上的節目，除了 Open Mic，還有畫畫、塔羅、Comedy、變裝秀和詩歌朗讀……等等。Aaron負責的是臨摹比賽，他自己擔任模特兒並負責邀約愛畫畫的客人與朋友。李風英文不夠好無法擔任主持，也沒有認識什麼朋友與客人，所以Michael讓他當Eric和週二晚上負責詩歌朗讀的Frack的助手。

李風一點都不在意當誰的助手，他也很願意在店裡面多做任何事情，每週一和週二晚上是李風在布希維克最開心的時光。

這天晚上七點開始下起大雪，外面寒風刺骨，演出來賓和客人極少，李風和Eric只好自彈自唱撐整夜。稍晚進來一位大約四十出頭、看起來蠻幹練的美國女人。金髮碧眼，雖不是金髮尤物，但氣質不錯。大家都沒見過她，應該是路過的觀光客；但布希維克冬天根本沒有觀光客。她在李風彈完琴後竟然給了他五十美金小費。這是Chispa Open Mic有史以來最高的小費，李風後來將小費給了Aaron當作是謝謝他的介紹費。在這裡沒什麼人會給小費。因為布希維克所有咖啡館的客人都是荷包吃緊，抓著夢想過日子的人。

Eric跟李風說：「今夜生意冷清，既然有位大方的新客人在場，乾脆我們兩人就繼續演奏下去好了！而且外面這麼寒冷，Chispa店內應該要更熱情才是。」

「這就是布希維克。」李風內心浮現好久沒有出現的暖流。

他們一直持續演奏著，而那位美國女人一直靜靜地坐在窗邊高腳椅上，她整晚都沒有想要加入大家的聊天；店裡每個人似乎也都蠻善解人意，誰想說話、誰不想說，大家都心知肚明。

外頭大雪下個沒停，店內琴聲也沒想停，這個星期一的夜晚，時間過得特別緩慢。窗邊的美國女人像被大雪冰凍的冰山美人，整個晚上除了去了三趟洗手間，就這麼靜靜地坐在窗邊沒跟店內任何人說上半句話。李風彈琴時身後牆上的鏡面可以看見她，似乎有這麼一次他倆正好看著對方好幾秒鐘。李風不好意思地低下頭繼續彈琴，心裡卻莫名其妙地一直想著她那張心事重重的臉龐。

到了凌晨兩點 Chispa 準備要關門，李風將吧檯清理乾淨、收拾好之後，輕輕走到那個美國女人身邊，禮貌地跟她說要打烊了，並謝謝她今晚到訪和她大方的小費。

「你鋼琴彈得真好，晚安。」她深情地看著他說，起身穿起大衣後離去。

隨後李風和 Eric 一起拉下鐵門，互道晚安後離開。李風小心翼翼地走在雪地裡，心裡想著剛剛那位女人剛剛跟他交會時的眼神。那靈動的雙眼直盯著他，讓他有一種不尋常的感覺。然而這種臨時路過的客人通常不會再出現店內，李風感到有些失落——這樣的失落感飄在銀白色的布希維克裡特別強烈。

3

■聖誕樹前的眼淚

十二月，布希維克的商家門前紛紛裝上聖誕燈飾，這裡沒有觀光客，不像曼哈頓那麼熱鬧，聖誕燈飾只是告訴大家這一年即將結束了。

這天李風在 Chispa 店內正忙著幫店長布置聖誕燈飾時，接到曉鈴的電話，她告訴李風她會提前在十五號到紐約，因為她訂了二十五號的回程班機回洛杉磯。「你知道的，聖誕節當天的班機比較便宜，我應該要將錢花在刀口上，最重要的花費是要請你李風吃幾頓大餐。」李風跟她說她什麼時候來都可以，他對她一向沒轍，一方面曉鈴有時候像他家人般熟悉，一方面又像個好友般沒有距離。

不過曉鈴沒有對他說實話，其實是她在交友 APP 認識了一個男人，他想在二十六號到洛杉磯跟曉鈴碰面共進晚餐，她即刻更改機票後打電話給李風說她會需要改變紐約行程。

「李風你還是光頭嗎？」曉鈴為了掩飾謊言找個話題問他。

「嗯，光頭簡單處理。」

「我就是喜歡看你光頭，你的頭型很好看！帥哥……」

「妳以前就說過了。」

「是嗎？」

「我們第一次見面的時候，妳說我們兩個人是全場頭髮最少的人。」
「我只記得我們吃過一樣的冰棒。」
「我跟妳……記得和不記得的事都不一樣。」
「李風……你記得那一夜嗎？」
「那一夜？」
「故意裝傻喔？算了！你忙！我們下星期紐約見囉！」
李風當然是故意忘記那一夜，掛上電話後他卻有些感慨，感慨那一夜兩人赤裸裸的坦誠相見。
當時曉鈴還住在紐約，有一回她約了李風和幾個朋友到她家聚餐，到了深夜大夥們準備要離開的時候，曉鈴說家鄉台南有個事情要私下跟李風商量，故意將他單獨留下。那時候的她跟李風兩個人正逢單身低潮期，李風當下立刻明白她的故意。因為李風早就對她有好感，他也從曉鈴的眼神看到了相同的好感，而且紐約的寂寞氣壓強化了男女之間的好感。
當朋友們都離去只剩他倆的時候，曉鈴將屋內燈關掉後拉住李風的手往床上躺下並吻他，李風緊緊摟住她並脫掉她的衣服，兩人瞬間乾柴遇上烈火般彼此狂吻。

兩個赤裸裸的年輕肉體交纏一起在床上激烈滾動。

然而奇怪的事發生了，他們兩人突然同時停下來看著對方，靜靜地看著對方，兩道困惑的目光頓了好幾秒鐘。

曉鈴摸著李風的陰莖說：「你沒有勃起。」

李風也摸著曉鈴的陰道說：「妳沒有潮濕。」

兩人尷尬看了彼此的肉體後一起大笑。

「哈利路亞！我們兩人還真的是哥兒們！連想跟動物一樣交配都做不來！」曉鈴笑著拍打著李風的屁股說。

「妳說話文雅一點好嗎？什麼動物交配！古代叫做魚水之歡啦！」李風抗議回她。

「這跟用詞文雅沒有關係，我是陳述事實！好啦！我們是紐約大海裡兩條無法交配的小魚！如何？」曉鈴大笑說著。

那一夜，這兩條光溜溜的小魚依偎地躺在床上東南西北亂聊直到清晨。

那一夜，兩條小魚之間原有的好感，莫名其妙轉變成信任。

那一夜，兩條小魚相信沒有性渴望的感情就不是愛情了，尤其在紐約。

從此這兩條小魚保持著平行的微距離相依相望，即使後來曉鈴因為工作搬去了洛杉磯，在美國這片汪洋大海中，兩條小魚在東岸和西岸之間以「類家人」聯繫著。

那一夜，對紐約這個寂寞之都來說根本不值一提，但在李風心裡卻是個頑皮的光點，大多時候躲著讓李風以為它不見了，但偶爾又跑出來亮一下，騷一騷李風靈魂裡的神經線。

自從疫情爆發後李風和曉鈴已經近兩年沒見面，李風不愛用視訊聊天，曉鈴不喜歡寫 email，兩個人久久才在 IG 上跟對方說：「我還活著。」下星期三將是他們兩人在新的世紀 A.C.（After Covid-19，紐約時報專欄作家 Thomas Friedman 在二〇二〇年三月提出的人類新時代）之後的第一次見面，李風沒有特別的感覺，淡淡地像一個親戚要來找他借住幾天而已。倒是他對曉鈴在電話中提到有位美女想跟他重逢感到好奇，畢竟自己單身了兩年多，有時候還挺孤單寂寞。而紐約的聖誕節氣氛總是讓他很想找個人擁抱，畢竟這是人最多也是最多寂寞的城市。

到了這天星期三傍晚，曉鈴拎著行李箱來到布希維克，她一見到李風非常開心地抱著他說：「帥哥！你還真是個能屈能伸的鋼琴王子啊！你家樓下街道到處都是垃圾和小狗糞便，你這一區跟我在 Google 圖片上看到的怎麼差這麼多？」

「上次電話中我跟妳說過了，我這一區離塗鴉藝術區還有段距離，這裡是布希維克的貧民區，你就忍耐一點，不過社區鄰居們都挺友善的，治安也很好。」李風平靜地跟她說。

「誰會在貧民區搶劫啊？大家都聰明得很！」曉鈴瞪他一眼。

曉鈴放下行李後，兩人出門到地鐵站搭車去時代廣場，久別相會的他們在地鐵車廂裡一直聊著這兩年來疫情後彼此的生活和變化，不過大多數都是曉鈴在說話，因為李風跟她說自己的日子乏善可陳，沒什麼可以跟她分享的。

「你為何不回台灣做更好的工作？跟音樂有關的工作？這裡很難的……疫情後更難……尤其像你們這種古典音樂人、鋼琴家，你知道我在說什麼，面子問題嗎？還是？起碼你有張碩士畢業文憑，你回台灣可以找到鋼琴家教之類的工作，為何要讓紐約的生活費把你逼到窘境？」曉鈴低聲問他，

「我若要找份鋼琴家教的工作，我還需要來紐約念昂貴的茱莉亞學校嗎？我高中就開始當鋼琴家教了！妳不要以一個全職設計師的角度來關心我！妳不是學音樂的，妳根本不知道我在堅持什麼。我現在若回台灣求個鋼琴家教的工作，我那一輩子的東西就沒了！妳懂嗎？而且……我怎麼對得起我媽！」李風強忍怒氣回她。

「好啦，好啦，抱歉！我說錯話了，我來紐約不是來讓你不開心的，Sorry……」曉鈴發現李風雙眼裡有著她看不懂的神情，她蠻後悔自己剛剛說的那些話，她明白李風說的「那一輩子的東西」，她也有。

李風也不想破壞今晚的氣氛，兩個人很有默契地立刻轉到其他話題，「喂！是哪位美女想跟我重逢啊？」李風故意俏皮地問。

「Georgia 啊！」

「誰是 Georgia？台灣人嗎？」

「彭郁文啊！你竟然忘記她的英文名字！我都還記得我們大家第一次見面的時候，她自我介紹時說她的英文名字是取自一部她喜歡的義大利電影《The Best of Youth》（電影中文名是燦爛時光）中的女主角，你自己還當場回說你也很喜歡那部電影，當時大家都不知道你們兩個在說哪一部老電影，那時候我就直覺你們兩個彼此看上了眼……」曉鈴說。

「《The Best of Youth》……」

「天啊？你真的忘了嗎？她講完話後你就喊了一聲她的英文名字，然後她對你說了一個名字好像……Ma……Matteo 之類的，你瞬間整張臉都脹紅了，你竟然會忘？你假裝的吧？」曉鈴笑瞇瞇地說。

「喔……她也在紐約喔？」李風若有所思地問。

「郁文一直在紐約啊！去年她從銀行轉職到一個交友網站當行銷經理，喔！不，用她的說法是她在高科技數位元關係公司當行銷經理。哈哈！對了！她還送了我高級會員一年 Package，我現在每天都在研究經營我的數位關係，貨色都還不錯喔！哈哈！」曉鈴開心地說著，接著她靠近李風的耳朵低聲說：「李風，她忘不了你，她現在單身，你也單身，你懂吧？我希望你快樂，我也希望郁文快樂，你們兩個都是對我好的好人。」

「再說吧……我們要下車了！」李風聳聳肩拍了拍她。

前幾年李風跟郁文交往過，那時他剛畢業在舞蹈劇團兼差當鋼琴伴奏，收入微薄，但總還是一份跟他專業有關的工作。從名校商學院畢業的郁文考上一家大銀行，是當時少數一畢業就擔任主管職務領高薪的亞裔年輕女性。但她一點都不像金融界的人，若不問她在哪裡工作，所有人都會猜她在藝文單位上班，因為她整個人散發著濃濃的文青感；工作之餘最熱衷去聽古典音樂演奏會，並且是林肯中心、卡內基廳……等多家演出單位的贊助會員，她會對李風迷戀並不讓人意外。

她在那次大家相識的活動聚會中認識李風之後，就常主動約他出來，而當時李風對她也有所謂的好感，這份好感多半來自郁文主動的關心和關愛，單身又寂寞的李風順勢接受並享受著被人愛的溫暖。即使她優渥的經濟狀況有時對他似乎是個藏不住的壓力，李風總是以這個冠冕堂皇的理由解釋自己的心理和行為，所以當時兩人交往時就一直停留在手牽手和輕吻的狀態；而郁文不想扒開洋蔥，一廂情願地認定李風是個慢熟敦厚的情人。每當夜深人靜她難掩自己的情慾時，總是對自己說：「他需要時間。」

但事實上李風自己並不清楚他對郁文就是沒有真正動心，兩個人懸殊的經濟能力從來就不是障礙。「在紐約這個寂寞會殺死人的城市，有人愛總比沒有人愛好……」這是每次他跟郁文相會的藉口，狡猾又合理的藉口。

他們在一起的時候聊的最多話題總是那部老電影《The Best of Youth》（燦爛時光），一部二〇〇三年的義大利電影竟是他們唯一最多的話題。

「我是在影展時看的，妳呢？Georgia？」

「我是看DVD，我小學好友送我的生日禮物，Matteo……」

他們用電影中男女主角的名字互稱來調情。

「電影裡有三位女主角，妳為何以 Georgia 取為自己的英文名字？」
「她最重要，沒有她就沒有後來的故事，而且我覺得我跟她很像。」
「哪裡像？喔對！妳們都很漂亮、溫柔和文靜……」
「我跟她一樣……怪怪的……」
「怪怪的女孩都很有個性！」
「有個性的女孩不一定怪怪的。曉鈴就很有個性，但她沒有給人怪怪的感覺。你喜歡她嗎？」
「哈！她只是我的哥兒們！我們兩個躺在床上什麼事也不會發生！」
「那就好……但是你們兩個感覺很熟悉。」
「我跟她就像電影中的那對兄弟，Georgia。」
「我是 Georgia，但我不希望曉鈴是 Mirella。」
李風沒有聽懂郁文的話，他還認為郁文又用這部電影的人物在跟他調情，於是牽起她的手吻了一下，瞬時郁文的眼睛裡充滿了感激和深情。對於李風一直沒有想要碰她的身體、想要她，她總會欺騙自己說：「他需要時間，他是個好男人，他很尊重我。」

但是兩個人手牽手半年後的某一天，李風瘋狂愛上舞蹈劇團剛來的一位漂亮美國舞者，兩個人約會三次後就成天在李風的小房間裡瘋狂做愛，他不想直接告訴郁文而是發簡訊給她：「I met someone.」她看著手機上這無情又殘酷的三個字後刪掉了李風的號碼，然後發瘋似地將廚房裡所有酒杯碗盤摔到地下，吼叫了好一陣子直到鄰居帶著一樓警衛上門按鈴。

經過一段時間之後她打電話給曉鈴：「李風跟我約會了三個月只牽我的手，偶爾吻我一下，但是他跟別人認識一星期就上床了……我就那麼不值嗎？」當時曉鈴聽了後說：「我們去找家酒吧喝一杯。」她知道自己講什麼都只是廢話，將郁文帶出來透透氣是唯一她能做的，當然她心裡也心虛覺得應該要陪陪她，畢竟她曾和李風上床過，雖然兩人沒有做愛，但她心裡嘀咕著：「可千萬不能讓郁文知道我抱過李風的裸體。」

李風和曉鈴走出車站後，遠遠就看到郁文和曉鈴的同學金裕昌熱情地向他們招手，今晚紐約氣溫異常暖和，街上滿滿的人潮，時代廣場出現了許久不見的活力。他們四個人開心地從時代廣場一路逛到洛克斐勒廣場。曉鈴說她超級想念紐約十二月的聖誕樹窗。

誠如知名的紐約地途NYDetour版主說：「不管你多麼討厭滿坑滿谷的觀光客，每年十二月的假日季節一定要抽出一個晚上，從59街沿著第五大道走到Rockefeller Center，看看Bergdorf Goodman的櫥窗，欣賞紅緞帶綁起來的Cartier建築，聽伴隨Saks Fifth Avenue俗豔燈光秀的音樂，遠眺或近觀那棵大樹，再往西走到Avenue of America。因為這段路程有這個世界上獨一無二，也是最經典的城市聖誕布置。」

當他們走近洛克斐勒廣場時，人潮已經擠成像夜市一樣，金裕昌找到一個可以拍到那棵大聖誕樹全景角度的地方，曉鈴興奮地嚷著：「我們來兩人一對互相拍照！」她抱著她的閨蜜金裕昌說：「李風快！先幫我們拍！」等他倆拍好後，金裕昌推了李風和郁文說：「換你們了！快！」李風自然地摟著郁文的肩膀站好讓金裕昌拍照，曉鈴卻發現郁文雙眼泛著淚光。

這天晚上他們玩到凌晨才結束，李風和曉鈴坐在回布希維克的L Train上，兩人沒說什麼話，回到住處李風就直接躺沙發上，跟曉鈴說聲晚安就睡著了。

4

■鳥類學爵士酒吧說再見

> ——Ornithology Jazz Club 是一個波西米亞風格的爵士樂表演空間，在充滿活力的布希維克蘇達姆街 Suydam St，裡面有一台美麗的貝希斯坦三角鋼琴，志同道合的創意人士通過爵士樂和雞尾酒在這裡尋求內心的飛翔。

曉鈴除了第一天找李風去曼哈頓，其他天幾乎都不見人影。早上李風醒來她已經出門不在家了，直到深夜才回來。李風的打工只有兩天晚班在 Chispa，其他的零工都是在大白天，所以兩人見到面的時間並不多。

隔天李風睡到中午才醒來，他看見曉鈴正在餐桌上打電腦，「妳今天沒節目喔？吃東西了嗎？」李風問。

「沒！不餓，今天要處理我的數位關係和照片，對了！晚上我約郁文和裕昌來布希維克，我搜尋到附近一家很有意思的店：鳥類學爵士酒吧，你去過嗎？晚上你有班嗎？若沒有跟我們一起去，OK？」曉鈴轉頭看著李風說。

「我聽說那家酒吧但沒去過，今天我臨時接下午的班到八點，結束後我去那裡跟你們會合，妳覺得如何？」李風回她，眼睛卻看著曉鈴絲質襯衫下若隱若現的雙峰，他突然發現曉鈴是個性感的女人，而非他腦海裡刻板印象的哥兒們。但他即刻回神過來自己一大早不該有這種遐想，更何況眼前這個女人是他的好朋友。

「還有喔……郁文早上 text 我說，她也可以送你他們公司高級會員福利一年，她也太迂迴了！她將自己直接送到你的床上不就好了，幹嘛還送你去找其他女人啊？你說是不是？李風……」曉鈴故意歪著頭問他。

李風沒有回應她，安靜地站在廚房角落泡咖啡烤麵包。

曉鈴得意地淺笑一下，心想沒有回應就是好的回應，a good sign，轉頭看著正在烤麵包的李風想：「體貼的男人的背影……就是有種奇妙的魅力……」

李風拿著烤好的麵包放在曉鈴面前，自己走到窗邊看著外面，「欸，李風，我跟你說喔！你若真有興趣在 Dating APP 認識人的話，千萬別寫自己是鋼琴家或音樂家。」曉鈴滑著手機說。

「寫鋼琴家或音樂家會怎樣？」李風好奇地問。

「這是在交友 APP 裡最糟、最不受歡迎的職銜！你看，我剛剛幾分鐘之內，就 review 好幾個人。我只要一看到是藝術家與音樂家，連照片都不想看就滑掉刪除。因為……疫情後，這是在 Dating App 裡最不受歡迎的族群，你懂我的意思。」曉鈴繼續說著。

「那我要寫我是從事什麼工作的？」李風感到困惑。

「寫調酒師啊！你現在不就在酒吧工作嗎？這是現在真實的你啊！相信我，調酒師絕對比鋼琴家吃香！還有，如果你想認識真實的人，就要誠實地放你真正的照片，寫上你真實的名字、年齡和背景，因為你也想認識到真實的人。」曉鈴看著他說。

「你這樣很矛盾耶！我明明是受過專業訓練的鋼琴家，我根本不敢稱自己是調酒師，只是在酒吧打工的打工仔……」

「一點都不矛盾！我問你，現在你在酒吧打工賺生活費，這是你真實的工作，你是從這個工作獲得收入的，你可以寫你是初階調酒師或咖啡館酒吧店員，這是真實的你。現在的你根本沒有從鋼琴家這個身分賺到任何一毛錢，你就不是鋼琴家，你可以寫說你熱愛古典音樂，鋼琴彈得很好具有專業水準。Dating App 上的工作職銜是依據你從事哪個工作獲得收入而定義的。」曉鈴盯著他的眼睛說。

李風沒有回答她，雙眼瞧著窗外天空，兩人沉默許久，曉鈴只好專心吃著他烤好的麵包，「天啊，這個可頌怎麼這麼好吃啊？天啊，超美味的！這是在你們布希維克賣的嗎？在哪買的？真是極品啊！」她一臉滿足地問李風。

「這是我之前打工的那家麵包店賣的，老闆娘是哥倫比亞的移民，這是

Multigrain 五穀可頌，她店裡的招牌，每天下午三點前就會賣光，我昨天特別去買給妳吃的。」李風轉過頭來對著她說。

「李風！謝謝你喔！真是厲害的五穀可頌，我在紐約混了這麼多年竟然在你們布希維克吃到天下第一美味的五穀可頌，太厲害了！一下子讓我心情大好！」

沒想到哥倫比亞老闆娘的五穀可頌打破了他們兩人的沉默，味覺疏通了心覺，曉鈴一口接一口望著李風開心地吃著，李風也笑著看著她，深情溫暖地看著她。兩個人臉上有個相同的開心笑容，李風突然覺得此刻是他在布希維克稀有的快樂時光。

曉鈴嘴巴咬著美味的哥倫比亞裔可頌，心理卻浮現出華裔曖昧情愫，她突然發現自己對李風又有好感，應該說很久以前的那個好感突然出現，但她又想說服自己純粹是美食作祟。她又說服自己李風不是對的對象，她要的是前途穩定的男人，一個非鋼琴家的男人。但是此刻她的胃被可頌填滿了飽足感和幸福感，還有李風剛剛那深情溫暖的眼神加上好感，此刻正胡鬧地勾引著她對他的慾望，愛的慾望，性的慾望。

「李風……我下面開始濕了……」

「妳什麼？……發什麼神經？」

「我想跟你做愛，現在。」

「妳太寂寞了是嗎？」
「不是。」
「妳開玩笑的吧！」
「算了！」
正當空氣在他們之間變得有點僵硬的時候，Aaron 起床走出房門對著兩人大聲說早安：「喔！Victor！麵包很香！請我吃一個如何？」
曉鈴則笑著對他說：「Victor 昨晚陪他老闆娘睡覺後得到這些麵包的。」話一說完，Aaron 狂笑不已，故意拍打李風的屁股。「幹得好！」
李風則瞪著曉鈴說：「妳確實是發神經了！」
三個人在廚房餐桌上說說笑笑地吃完早餐，李風和曉鈴之間短暫的尷尬和奇妙，又再次消失了。
他們倆吃飽後一起出門，曉鈴跟郁文和金裕昌約在西村見面，李風去 Chispa 上班。這天客人出奇地多，來了很多熱情的新客人，其中好幾位還不斷請李風喝酒，等到李風下班要去鳥類學爵士酒吧跟曉鈴他們會合的時候，其實已經很醉了。
李風醉醺醺地走進這家酒吧，一走進門就被曉鈴抓到角落：「郁文剛剛說她繼想念你的，我幫她翻譯：她今晚很想你，她很想跟你上床。」

李風搖了搖頭回說：「妳亂說，她看不上我的，我很窮。」

曉鈴掐了掐他的臉頰：「笨蛋！你很吸引人好嗎？你窮沒關係，她有錢，笨蛋！她心裡一直有你。」

曉鈴將李風推到樂手旁邊的小空地，有兩對男女在那跳舞。李風已經明顯站不穩了，但曉鈴已經不在他旁邊，這時郁文過來扶住他。李風突然失去重心整個人趴在郁文身上，他的胸口直接靠在郁文豐滿的胸部，郁文抱緊他並溫柔地親吻他的頸部。他突然感到身體灼熱起來，全身血液急速奔馳加熱，他也緊緊抱住郁文並開始狂吻她。郁文興奮地雙手緊扣著李風脖子，兩人緊擁著對方身體，雙唇熱烈激吻著。

曉鈴看著他們開心極了，轉頭低聲跟金裕昌說：「瞧！我送了李風最棒的聖誕禮物了！真是為他倆高興啊！」

曉鈴走向吧檯跟店員要了紙筆，她寫好之後請店員交給李風，便拉著金裕昌的手悄悄地離去。李風和郁文兩人還在忘我地狂吻著，沒有察覺他們已經不在現場了，直到酒吧的調酒師遞給李風曉鈴的紙條：「今晚我要去睡裕昌的床，祝你倆繼續纏綿！把握良機！傻瓜！」

曉鈴灑脫率真地走出鳥類學爵士酒吧，街上的冷風也再次吹醒了她的理智，這時候的李風幾乎快要醉昏了，下午在 Chispa 客人請他喝紅酒、啤酒，晚上來到這裡曉鈴請他喝了兩杯不同的調酒，混酒拚喝了一整天，加上剛剛跟郁文的狂熱激吻，他覺得自己身體快要崩盤了。趁著還有點意識，李風拉著郁文的手離開酒吧並請她叫車，郁文內心驚喜不已，想著李風終於帶她回家過夜了。

深夜酒吧附近車多，等一會兒車子就來了，李風一上車就問司機有沒有塑膠袋，司機看他神情，趕緊將原本裝雜物的塑膠袋遞給他。李風稍微嘔吐了一下，郁文拉著他的手問他還好嗎？李風搖搖頭說沒事一下就好，並緊緊抱住郁文。此刻的郁文已經慾火焚身底褲全濕了，她不斷狂吻著李風的臉、耳朵和頸部，這一夜她等很久了。

到了李風住處，郁文抱著搖搖晃晃的心愛男人緩緩上樓，李風還有一些意識，他拿出鑰匙開門，一進屋就奔向廁所趴在馬桶上繼續嘔吐。郁文跟上去扶著他，她溫柔地在他耳邊叫著他的名字，叫一聲吻一下。李風一臉苦楚沒有說話，當他吐到只剩胃水時全身無力，輕輕按下沖水蓋上馬桶蓋後倒頭就睡著了。郁文見狀搖了搖他問他要不要上床去睡，但李風抱著馬桶完全不醒人事，隨後發出濃厚酒味的打鼾聲。此時郁文打了一個寒顫全身驟冷，又累又失落的她走到李風房間躺在他的床上；

她睜著雙眼盯著天花板發呆，心想等他醒來就會再抱我吧？疲累的她漸漸睡著，忘了她心愛的男人還躺在廁所裡。

清晨五點Aaron回來一進屋聞到滿室酒味，他看到穿著大衣的李風坐在廁所裡抱著馬桶睡覺，連忙先關上廁所窗戶並搖醒他：「Victor你怎麼睡在這裡？會著涼的！我扶你回房間。」Aaron攙扶著走到房間門口，看見也穿著大衣躺在床上睡覺的郁文時，瞬間一頭霧水。還沒走進自己房間的李風瞄到身旁的沙發就全身疲軟倒在沙發椅上了。Aaron趕緊將客廳暖氣打開，再回房間拿件毯子蓋在李風身上後，搖了搖頭回自己房間關上門睡覺。

十二月二十三日的清晨五點，天色猶黑，冷風颼颼呼嘯著，布希維克的冬天異常寒冷。接近正午時郁文醒來了，她走到客廳坐在李風身邊，溫柔深情地望著還在熟睡中的他。正中午突然豔陽高照，大片陽光照進客廳裡照醒了李風，他揉揉眼睛，睜開半眼看見郁文坐在他身旁。她低下頭輕吻他的耳朵並在他耳邊跟他說聲早安，然後再捧著他的臉深情地吻著他的嘴唇，開始慢慢脫掉李風的衣服。李風閉著眼將她的手放在陰莖上，然後抱起她走進房間關上門。

兩個人躺在床上後，她發狂般地脫掉身上的衣服像隻發情的母老虎，盡其所能地吞食著李風。郁文亢奮的呻吟聲完全掩蓋了李風的喃喃自語，直到郁文平息下來。

「曉鈴……曉……曉鈴……」李風趴在床上低聲地說著。

郁文聽清楚了這幾個字後驚醒不已，「你在叫誰？」她對著李風大喊。

「曉鈴……」

郁文全身發抖地朝李風的屁股打下去，「你當我是誰?!」她氣憤地看著李風屁股上的兩顆痣，然後狠狠地咬下去。兩條血色的齒痕終於咬醒了宿醉疲憊的李風。

李風迅速翻過身驚訝地望著像神色魔鬼般的郁文。

「妳……郁文……」

「李風！你這個王八蛋！你把我當誰了？」

「我……」

郁文沒等李風清醒過來，大吼大叫：「你把我當誰了？」摑打著李風耳光。

李風從沒想到平日溫文柔美的郁文竟如此失控瘋狂，他驚嚇得抓起毯子擋住她的暴力。

郁文被他的舉動激怒，抓起床邊檯燈丟向他。李風閃躲後，她又抓起床邊椅子摔向牆壁，隔牆的 Aaron 也被驚醒了。他沒敲李風的房門直闖進來，正臉被郁文丟過來的鬧鐘扎到，痛得他大叫了一聲。李風披著毯子，抓著Aaron，逃出郁文的攻擊並關上房門。

他和Aaron呆坐在房門口，鼻子黑青、滿臉困惑的Aaron問：「天啊！你們發生了什麼事情？」

「我？我不知道。」

「你不知道？」

「啊……我不知道……」

「之前我明明隱約聽見你們兩個人做愛的聲音，之後就被你們兩個人打架的聲音嚇到，你竟然不知道發生什麼事了？」

「我很抱歉……」

「但是……她怎麼了？我覺得她失控到……讓我感到害怕，李風？你看見她的眼神了嗎？失去靈魂的眼神……我真的擔心她。」

「你敢進去看看她嗎？她是對我發狂，不是你，所以看到你可能會冷靜些，我是說可能……」

「她沒穿衣服耶……」

「你敲門問她……」

Aaron 只好起身，輕輕敲著門說：「我可以進來一下嗎？」等了一會兒裡面沒有回應，他悄悄地轉動門把，透過縫隙觀察房間內的郁文，驚見她在咬自己的手指並咬出血來，他嚇得抓起披在李風身上的毯子，進去房間為全裸的郁文披上後，扳開她的手後緊緊抱著她溫柔地說：「My dear, my dear……」此時就好像魔鬼被 Aaron 的聲音驅趕似地離開了郁文的身體，她突然放聲大哭用力地抱著 Aaron 說抱歉，他溫柔地撫摸著她的頭髮輕聲說：「我在這裡。」

坐在房門口的李風也落淚了，他還是不知道發生什麼事情，但他知道他傷害了她、激怒了她。

郁文在 Aaron 懷裡睡著了，過了一些時候她醒來時對 Aaron 說：「我真希望我愛上的是你。」Aaron 勉強擠出一個溫暖笑容吻了她的臉頰，什麼都沒說。

郁文恢復平靜，穿好衣服後走到客廳，李風呆坐在沙發上看著她，一動也不敢動。Aaron 拿杯水給她喝，李風害怕她拿水杯朝他丟過來，躲在 Aaron 身後。

「愛我有這麼難嗎？我對你這麼痴心！」郁文喝了一口水後說。

李風起身想說點什麼，但又吐不出半個字，這時 Aaron 輕拍他的肩膀說：「我先送她回家休息。」
郁文走到門口時轉身咬著牙對李風說：「你把我當作曉鈴跟我做愛，非常殘酷！我恨你。」
Aaron 見狀趕緊摟著她輕輕將她帶離開，並回過頭跟李風示意：「不要出聲。」
他們走後疲倦的李風走到廚房煮咖啡，他開始努力回想過去幾小時的所有狀況，他想到昨天早晨跟曉鈴吃早餐的快樂時光，他想到昨天在 Chispa 辛苦工作著，他想到後來去鳥類學爵士酒吧，他想到自己抱著郁文狂吻，後來的後來真的什麼都不清楚了，直到他今天看見郁文幾乎發瘋的模樣。他此刻突然很想抱著曉鈴大哭一場，他很累，很害怕，他很難過自己此刻非常想靠在曉鈴的懷裡大哭。
李風坐在餐桌椅子上喝著咖啡，淚水靜靜地流下，他需要很多時間平息自己和這個房子剛剛經歷的狂風暴雨。喝完咖啡後他清理房間，郁文幾乎摔掉了他房裡所有的東西。
一切處理好後他寫了張紙條放在客廳桌上給 Aaron，告訴他下午曉鈴應該會回來拿行李請他幫忙開門。他知道 Aaron 今天傍晚才會出門，而他要去 Chispa 工作了。有位同事今天請假他昨天就爭取今天去代班，明天晚上是聖誕夜了，他也要去代班。

紐約的單身異鄉人總是願意在這段假期加班，因為可以多掙點錢，「先好好活下去再說！」李風出門的時候心裡對自己這樣說著。

曉鈴下午回來李風住處拿行李時，她問 Aaron 李風和郁文昨夜開心嗎？Aaron 只回答：「這兩個人挺有意思的。」

曉鈴笑著跟他互相擁抱說聲聖誕快樂後，快樂地拿著行李離開了布希維克，前往機場飛回 LA，準備與她的 Dating App 新情人共度聖誕夜。在登機室等待的時候她心裡一直想著 Aaron 那句耐人尋味的話，然後她打電話給郁文但沒有回應，她又打電話給李風也沒回應，直到飛機起飛時她倆都沒回電或回傳訊息給她，讓她感到有些失落。

李風下午去 Chispa 工昨直到深夜，每當店內沒有客人的時候，他就想打電話給曉鈴。但他始終沒有按下那個號碼，「或許……應該跟一切說聲再見，跟眼前混亂的一切，過往茫然的一切……」他心想。

5

■蜜拉 Meela

Victor and Olive

寂寞的李風在加班的日子裡度過聖誕假期和新年，因為布希維克多半是移民勞工定居的所在，短期旅居紐約的異鄉人沒有曼哈頓多，來自芝加哥的 Aaron，二十六日一大清早就離開了布希維克。好在李風天天到 Chispa 加班撐過了寂寞攻心的聖誕假期。然而再過幾天又是迎接二〇二〇新年的跨年週末，寂寞的李風仍然躲在 Chispa 裡和客人們一起迎接不可知的二〇二二年。

十二月三十一日這天下午，李風手機收到妹妹傳來的訊息：「相信愛，愛就會強大，相信二〇二二，二〇二二就會撥雲見日。哥，新年快樂！」他盯著這些字心裡默默跟著讀，不由自主地感到鼻酸——遠在地球另一端的妹妹，怎麼會知道烏雲總是罩在他心頭上？他相信自己嗎？他可以相信什麼呢？面對這茫然的未來他要相信什麼？這幾天他覺得自己是個壞男人，殘酷地傷害了郁文，每當他想起她那離去時沉痛悲傷的背影，看不到心碎卻瀰漫著濃濃心碎的背影，他的罪惡感就浮現。自己怎麼會這樣呢？那天在鳥類學爵士酒吧為何像個喝醉又沒大腦的動物要擁吻她？

「唉……」他嘆口氣，難道是寂寞攻心讓他失去理性嗎？

紐約是群聚世界各國人最多的地方，也是寂寞最多的地方。李風的寂寞並非最可怕的那種，最可怕的是對寂寞失去感覺的人。

下午客人不多，只有少數幾個文青常客埋首於電腦前面。李風在吧檯沒有特別的事要做，突然腦中閃過一個念頭，今天就為自己做點什麼不一樣的新鮮事好了，當作送給自己二〇二二的新年新禮物。

李風拿出手機找到一個熱門的線上教學網站，他選了張自己在茱莉亞音樂學院時期的演出照片，以 Victor Lee 註冊一個鋼琴教師的帳號。曉鈴曾說過：「憑你的帥樣和學歷，一定會有人對你感興趣的，問題只在學費要訂多少而已！不能太低價沒有身價，也不能太高價乏人問津。」他先研究其他鋼琴教師的費用，最後決定訂個每小時五十美金，若願意承諾固定上課至少三個月，每個小時則優惠為三十五美金；若可長期上課至少半年以上，每小時則為三十美金。李風自知自己英文聽說並非很流利，所以決定先在這個網站以低價開始招生。

註冊好了線上鋼琴帳號，他繼續搜尋 Dating APP 認識新朋友，希望找到新的女人作伴，完全不認識他的新女人。「No looking back, Victor, Happy New Year！」Aaron 回芝加哥老家前對他說，是啊！別回頭看！他期待新的女人帶他往前走。搜尋的時候他無意中看到 Chispa Dating APP，怎麼這麼巧！結果這是個主要以服務單身拉丁裔的交友平臺，而自己就住在拉丁裔居多的布希維克，交個離家近節省約會成本的女友也不錯。大家都是外來人，而且拉丁裔的女友對他來說或許是個可以躲進去的世界。

他用 Olive 這個假名註冊登記。Chispa 多半為拉丁裔族群開設的，李風想自己現在就住在百分之八十講西班牙話的拉丁裔移民社區裡。

新年新希望，每年的這時候就是名正言順好好騙自己的時候。

二〇二二年一月二日星期天，李風這天沒班，他睡到中午才醒，他醒來打開手機發現有人要跟他上鋼琴課！今年的新年新希望還真是美夢成真啊！他開心地讀著一位M女士的來訊，對方問他是否可以請他喝杯咖啡，先碰面並討論之後鋼琴課的學習內容；對方還提了一個在布希維克的咖啡館 Variety Café，並強調由她請客。李風握著手機心中滿是歡喜，臉上久違的笑容滑著手機回覆了這位M女士，告訴她今天下午就有空見面，M女士即刻回覆說好。

綜藝咖啡館

Variety Coffee Roasters

會面之前李風就已對這位M女士有一種莫名的好感，因為她選了李風在布希維克最愛去的綜藝咖啡館 Variety Café，他想這位M女士應該也住在布希維克區，但是他又推翻了自己的設想——絕大多數布希維克的居民不是那種會想上鋼琴課的中產階級。自從他搬到這裡以來，走在街道巷弄裡從來沒有聽到過鋼琴聲。

下午三點李風特別穿上他前幾天在 L Train Vintage 買的黑色毛料大衣，那天他挑到了這件S號又幾乎全新的 Calvin Klein 大衣，售價五十美金讓他喜出望外，這件大衣的前主人想必是個出手闊綽的有錢人，可能買來才穿一次就捐到 L Train Vintage 讓他撿到便宜。李風穿起來就像要去卡內基廳聽音樂會般正式和氣派，而今天終於有機會穿上它，要去跟他第一位線上教學的學生會面，雖然是二手大衣，但洋溢著新年新希望的氣息。

Variety Café 綜藝咖啡館位於布希維克這一條主要大

▼蜜拉 Meela

街 Wyckoff Ave 和 Himrod Street 的交叉角落，如同李風打工所在的 Chispa 一樣，完美的商業營業角落還有大片的窗戶引進燦爛的陽光，對他來說這是布希維克最美好的生活角落。而且今天冬陽毫不吝嗇地灑落下來，李風從住處一路踏著愉悅的步伐和藏不住的笑容來到這裡。

「I am here. Have a table inside.」（我在這裡了，坐在裡面），M女士發了簡訊給他。李風推開咖啡館大門往裡面走，坐在窗邊小桌一位金髮美國女人笑著跟他揮手，

「Victor，你好！我是 Meela 蜜拉。」

「嗨！妳好！我……我怎麼好像見過妳？」

「哈，你這麼快就跟我調情了嗎？」

「喔！不！請別誤會，我是真的覺得妳有點面熟。」

「我聽過你彈琴，在那家酒吧，在那個下個雪的夜晚。」

「喔！對！是的，天啊！我想起來了！那天晚上妳在我們店裡。抱歉！夜晚 Chispa 的燈光有點昏暗，我沒有看清楚妳的……應該說我不好意思盯著女客看。天啊！原來是妳！那……為何約在這，不到我們的店 Chipsa？」

「今天要聊我們的鋼琴課，是我們之間的私事，我不想在你工作的地方討論我們的鋼琴課。」

李風同意她並非常開心地點著頭，蜜拉親切地問他要吃喝點什麼後在櫃檯幫他點餐。李風趁她背對著自己好奇地打量這個女人。今天白天看她，似乎比那天晚上她在Chispa的神情更為年輕些，蜜拉外表看似四十出頭，中等身材但曲線渾圓有致，過肩長髮配上一張秀氣的臉龐，穿著駱駝色毛料大衣和黑色套頭毛衣，像是走在曼哈頓上東區的典型上流社會女人。剛剛陽光雖然清晰地照出她臉上淺淺的皺紋，不過同時也映射出她知性迷人的氣質，李風內心暗暗竊喜自己有這樣一位鋼琴學生。

蜜拉將李風的卡布奇諾和可頌放在桌上後笑著對他說：「你白天看起來更好看。」李風靦腆地回她說：「妳也是。妳也住在布希維克嗎？」

「不，我目前住在Hell's Kitchen（地獄廚房）附近。不用擔心，我會負擔你來回的車資。」

「喔！謝謝妳！我以為妳住在附近，因為妳上次出現在Chipsa，今天又選Variety Café碰面……」

「上次我是從威廉斯堡Williamsburg開車到布希維克，剛好Chispa旁邊有個停車位，加上你們店 Chispa 的獨特燈光吸引我，所以我就走進去了。然後我看到你在彈琴……」

「真巧！謝謝妳那天給我的小費，我被大家羨慕死了。那天晚上大雪寒冷沒什麼客人，Open Mic host Eric 和我一直輪流演奏，其實是為了妳。Eric 說我們就不停地為妳演奏直到妳離開。妳知道的，來我們店裡的幾乎全是住在附近的熟客，妳是冬天第一位陌生的客人，而且妳一直坐在窗邊靠街道那個高腳桌，Eric 和我感覺妳並不想說話，所以我們一直沒有打擾妳……喔！抱歉！我話太多了！」

「不，我喜歡聽你說話，你是一個真實的男人。」

「真實？」

「是，你是個好真實的男人，我一生遇到的多數是不真實的男人。哦……對了，我們開始來討論我們的鋼琴課如何？我不想要線上上課，我希望你來家裡教我。」

蜜拉說她剛買了一台電子鋼琴，小時候她學過一年鋼琴，但因為沒有高度的興趣就放棄了。二〇二〇年疫情爆發後她在家工作，發現又開始有了學琴的慾望，尤其那一夜她在 Chispa 聽李風彈琴，燃起了重新學琴的慾望。蜜拉是一家數位行銷公司的業務總監，疫情爆發後業務爆量，她自嘲地說自己在賺疫情災難錢。她跟李風說她希望長期固定上課，但不需要給她優惠，每堂課包括車資她會付一百美元現金，時間由李風決定，越晚越好，因為白天她很多線上會議。

李風滿是歡喜地答應，並說會幫她準備教材。蜜拉說她自己也會準備教材，並邀請他第一次上課之前共進晚餐，她說地獄廚房有很多很棒的餐廳。「讓一個足夠有錢的女人單獨一人在好餐廳吃晚餐是不對的，不是嗎？Victor，我會很感謝你陪我一起享用晚餐。」

「蜜拉，謝謝妳的邀約，能夠陪妳一起晚餐是我的榮幸。」李風飄飄然地回她。

午後陽光暖洋洋地擁抱著李風，他試圖掩蓋自己的興奮不讓蜜拉覺得他寒酸無禮，他內心大喊自己的好運終於來了。以前常聽幾位同學炫耀他們的有錢學生如何如何，現在終於輪到他收到了一位有錢女人為學生。他很久沒聽到有人說「我有足夠的錢（I have enough money）」，那種霸氣真是令人心嚮往之。在紐約，即使是在曼哈頓也很少有人會說「我有足夠的錢（I have enough money）」，更何況現在他們倆是坐在布希維克的咖啡館裡，圍繞他們四周的是經濟能力比較好的波西米亞族群，才有金錢和心情坐在咖啡館裡，而咖啡館門外多的是捉襟見肘度日的辛苦人。此時此刻有個人坐在他前面說著「我有足夠的錢（I have enough money）」，簡直不可思議。

「如果你方便的話，這個星期五就開始我們的鋼琴課如何？當然上課前我們一起享用一頓美好的晚餐，你覺得如何？」蜜拉那雙真誠的眼睛看著李風說。

「當然好，沒問題，我很期待，謝謝妳。」李風滿臉春風地說，似乎春天已在街角了。

紐約人常說：Winter is here, but spring is around the corner，冬天在這，春天就不遠了。

布希維克的稀有好運就這樣降臨到李風的身上。

祕魯餐廳

Kausa Restaurant

蜜拉選了一家位於地獄廚房第九大道上的祕魯餐廳Kausa Restaurant（Kausa 西班牙意思是老兄）。她跟李風約了晚上七點在這碰面先吃晚餐，餐後去另一家酒吧喝點酒，然後再回去她的公寓上鋼琴課。全程當然都是由她付費。「Victor 你就盡情享受星期五晚上的飽足和快樂就好！」蜜拉給李風簡訊。

李風提前六點就到了地獄廚房，他想重溫逛逛這個美食天堂。今天是疫情爆發後他第一次回到這裡，以前還在茱莉亞音樂學院的時候，偶爾他會犒賞自己和同學，從學校慢慢走到這裡來吃吃喝喝，大約十五分鐘的路程，對紐約人來說很近。有錢的同學們總說地獄廚房是他們的餐廳。李風很是羨慕他們那麼霸氣地說著，而那段暫時讓他忘記未來煩惱的短暫快樂時光卻已經離他好遠了，沒想到今天晚上在蜜拉的邀請下讓他重溫舊地。

他開心地走在這條知名的第九大道上，高大精瘦的李風一個人走在這裡是吸引人的獵物，三不五時總有穿著時尚的單身帥哥對他拋媚眼或故意碰他一下，他則立即尷尬地低下頭；而對方總是能在幾秒內判斷出李風不是喜歡男人的，然後很有禮貌地迅速收起嫵媚的訊息。

一個個自在優雅走在第九大道上的都是紐約最會施展魅力的男人和女人，這裡是紐約最寫實的時尚舞臺，這裡是同性相遇相知相惜的天堂。很多餐廳與酒吧於店招牌旁邊懸掛著一幅幅各具特色友善同志的彩虹旗：地獄廚房的同性天堂，愛情無邊無際的天堂與地獄。

李風準時出現在 Kausa Restaurant，餐廳裡面的寶藍色、綠色和紫色的重疊燈光乍看之下跟夜晚的 Chispa 有點像，他莞爾一笑說蜜拉真是個有意思的女人。餐廳店員帶他到蜜拉訂好的角落坐下，遞給他菜單的時候蜜拉就到了。

蜜拉脫掉黑色大衣裡面穿著露胸的綠色絲綢襯衫，她沒有穿內衣，大方秀出綠色襯衫上的兩點激凸。李風覺得她性感極了，但是又故作鎮定地說：「蜜拉妳好！妳真漂亮！」

「謝謝！Victor！我很高興我的鋼琴老師讚美一位四十九歲的女人真漂亮。」

蜜拉深情地望著他回答。

「什麼？妳四十九歲了？真的假的？那妳真是全紐約最年輕的四十九歲女人。」

「我親愛的老師請問你幾歲？」

「三十一歲。」

「很好！那我們沒差太多歲。我對我自己的設限是不跟二十一歲以下的男人喝酒和上床。」

李風一時不知該如何回應她剛剛說的話，只好故意低頭好奇地看著菜單。

李風在紐約多年從來沒有吃過祕魯菜，所以他請蜜拉推薦和決定他們的晚餐。

「蜜拉，妳選這家店是因為想介紹我吃祕魯菜？還是這家店的燈光跟夜晚的Chispa 有點像？」

「兩者都是，那晚就是 Chispa 的招牌和燈光吸引我。」

「為何吸引妳？」

「它像 brothel。」

「什麼？抱歉這個字我不懂，讓我用 Google Translator 查一下好嗎？」

李風看到手機上顯示「妓院」、「青樓」，不禁呼了一口氣。

「我……平日不會用這個字，但我今天學到這個新字彙了，妳對燈光還真有想像力。」

「是嗎？你充滿想像力嗎？你喜歡想像力嗎？」

「啊……蜜拉，說真的，我從茱莉亞音樂學院畢業後就沒有了想像力了。我們需要藉由想像力創造對音樂的詮釋，我們也需要在音符裡遇見想像力，但……畢業後，殘酷的真實生活就不需要想像力了。不過蜜拉，我真的很謝謝妳願意跟我學琴，讓我重新啟動我跟音樂之間的想像力。」

蜜拉抿著嘴笑著看他，兩個人吃吃喝喝，愉快地用完祕魯晚餐。蜜拉提議走到56街路口到一家義大利酒吧喝酒，李風當然盛情難卻地跟著她散步在第九大道上。蜜拉伸出手示意想要挽著他的手臂，李風覺得這是紳士對淑女該有的自然的、禮貌的動作，於是立刻將蜜拉的手扣在自己的手臂上。他們有說有笑慢慢走在第九大道上，而也因為李風身旁有女伴，擦身而過的男人們都沒有看李風一眼。

Bar Veloce on the 862 9th Ave, New York, NY 10019

這是一家位於地域廚房第九大道上，內部裝潢十分現代簡約的酒吧，狹長型的空間不大，只剩吧檯有位子。蜜拉說這個位置好，因為吧檯後方的酒櫃以全部酒瓶平躺的方式呈現，像是一件裝置藝術作品伸展於他們眼前。

蜜拉點了一瓶 Brunello 紅酒，李風問她是否喝得完？她笑著回說一瓶不夠我們兩人喝呢！

李風心情大好，今晚放肆地喝著，很快蜜拉又點了第二瓶，這時李風感到微醺，很舒服。

「Victor，我們是朋友了嗎？」

「怎麼這樣問？我們是吧！而且我們是老師和學生的關係呢！不是嗎？」

「我其實知道另外一個你，我想說出來。」

「什麼？」

「你有另外一個名字 Olive！我在另一個 Chispa 交

▼蜜拉 Meela

友網站看到了你！但我沒有寄一個笑臉給你。彈鋼琴的 Victor 和站 Chispa 吧檯的 Olive 是同一個人……真有意思，剛好都被我認識了。」

「蜜拉……」

「這沒什麼！我也在剛好在那個 Chispa 想認識拉丁裔男人，結果讓我認識了一個亞洲男人，我告訴你這件事只是想問你的中文名字，告訴我你真正的中文名字，然後教我怎麼念你的中文名字。」

Victor、Olive 和李風，這三個名字、這三件「人間外套」被蜜拉說得輕描淡寫。李風緊張的神經瞬間鬆弛下來，他舉起酒杯敬眼前這個女人，蜜拉回敬並吻了他的臉頰和耳朵，兩人開始暢所欲言。李風認真地教她如何發音叫他的名字，也告訴她關於台灣和台南。蜜拉聽得入神，直說她的人生怎麼錯過了亞洲這個美麗的地方，嘲笑自己是個缺乏世界觀的美國女人；以為美國就是全世界，以為去過東京、曼谷、上海、北京和香港就了解了亞洲。李風整晚用手機顯示台南的小吃和風景的照片給蜜拉看，逗得她開心不已。喝完兩瓶紅酒，蜜拉又點了一瓶。

「蜜拉……妳有男友嗎？」

「現在沒有。我跟我前男友在那一天分手，我開車到布希維克後走進 Chispa 店裡的那一天。我們原本同居在威廉斯堡，那一天我們吵架，他打了我，我立刻收拾行李，將我所有衣物放進我的車後，漫無目地開著車。當我開到布希維克看到你們店招牌和燈光，我以為是家色情酒吧，我想進去買個男人fuck我。哈！結果是一家文青酒吧，還看到你在彈琴。」

「那妳怎麼也剛好加入Chispa Dating APP？這麼巧？」

「因為我的前前男友是阿根廷人，我想找個跟他一樣溫柔體貼的拉丁裔男人。」

「你呢？李風？」

「我想找個住在附近的女人，約會方便又省錢。還有，最好是一個不知道台灣在哪裡的女人。」

「你的家鄉給你什麼壓力嗎？」

「對我有很多期待的壓力。」

「但你想家！不然你不會告訴我這麼多關於你家鄉的事。」

李風再次舉起酒杯敬眼前這個女人。兩人喝完三瓶酒後蜜拉說鋼琴課時間到了，李風搖晃著身子問她：「妳還有力氣上課嗎？還是改天我們兩個比較清醒的時候再上？」蜜拉說她很清醒，而且她說現在正是上課的好時間，越晚越好。

李風完全順從她，他從今晚在地獄廚房跟她見面後，就完全順著她的節奏走。地獄廚房是蜜拉的主場，李風一整晚欣然地配合著她，享受美食與美酒，還有讓他通體舒暢的談天說地。

李風今晚也需要這個鋼琴家教賺錢，因為下午出門前 Chispa 的老闆 Michael 打電話跟他說要減班。整個紐約疫情趨緩，房東預計要在下個月開始收房租了，Michael 不得已要降低人力成本以求生存。

李風原本就只有兩個夜班，現在變成只有一個夜班。Aaron 稍晚也打電話來告訴他這個噩耗，他說自己也要開始找其他工作，因為他擔心 Michael 可能會撐不下去。「Victor，我希望我們兩個都能撐下去，不然我們連這間便宜的小公寓都會留不住。」Aaron 憂心重重地說。李風心想自己真是夠幸運了，在這個變化多端不安穩的世界裡，還好他有這個鋼琴課撐著。

兩人走出 Bar Veloce 已是深夜十一點，蜜拉顯然酒量很好，不愧是職場女強人。他自動挽著她的手，因為他已經喝茫了，需要蜜拉攙扶著他帶他回她公寓上課。

鋼琴課與陪伴課

Piano lesson or Companion lesson

蜜拉的公寓是在和地獄廚房垂直的其中一條小街道，優雅乾淨的街道。到了公寓門口李風抬頭看了一下，是棟現代的六層樓高級公寓，他隨著蜜拉進去搭電梯上樓，蜜拉住在頂樓，李風被整體的高級感刺激到有點清醒過來了。

進到蜜拉公寓後，他看見擺在客廳正中央的電子鋼琴，他笑著走上前打開琴蓋聞到全新的味道。蜜拉去廚房倒了杯水給他，李風喝了口水後打開包包拿出他準備的教材。他從手指如何運用力量彈動開始指導。他蓋上琴蓋，將雙手的手腕平放在琴蓋上，他說用手腕仍然要放鬆地貼在琴蓋平面上，然後運用意志力，藉由手指關節的上下動作自然地舉起五個手指。他強調手指關節是平衡的支點，「妳開始想像全身的力量經由腰部、背部、手臂和手腕，然後關節打開，將力量傳送到妳的指尖。」李風雖然醉了，但專業的東西他仍然能夠清晰地說出。

蜜拉坐到他的身旁將雙手像李風一樣平放在琴蓋上，眼睛卻看著他說：「李風，我們的第一堂鋼琴課可以改為另一堂課嗎？我覺得你可以。」

「什麼另一堂課？我不懂……」

「陪伴課。我會付不同的費用，四百元。」

「什麼陪伴課？陪妳練琴嗎？妳……可以說清楚一點嗎？」

「對，陪我『練情』……」

蜜拉解開襯衫鈕釦，輕輕拉起他的右手搓揉著她的乳房，李風漲紅著臉但沒有抽回自己的右手，蜜拉再拉起他的左手抱在她的腰部，然後輕咬著他的耳朵說：「李風，我需要你的陪伴，我想要你的陪伴，我整晚都想要你。」蜜拉說著坐上了他的大腿。

李風沒有抽回他的雙手，他覺得他頭昏眼花全身腫脹，雖然蜜拉沒有讓他反感，甚至對他而言有著性吸引力，但是他並沒有進一步的動作。他僵直著身體問：「蜜……蜜拉，我覺得我們會是朋友，好朋友，但我……不是適合妳的男朋友，今晚如果妳很寂寞，我……可以陪妳聊天，蜜……蜜拉……」

「李風，讓我說清楚一點，今晚我不買鋼琴課，我要買兩個小時的陪伴課，我要你跟我做愛。不過我又不想勉強你，因為我有點喜歡你。」
「蜜……蜜拉……我……我不知道……」
「李風，放輕鬆一點，別被太多東西限制你。你前面客廳桌上放著兩個信封，兩個不同顏色的信封，白色信封上面寫著『鋼琴課』，裡面裝著一百元美金；紅色信封上面寫著『陪伴課』，裡面裝著四百元美金，你如果願意上陪伴課，今晚這兩個信封都是你的。」
「蜜……蜜拉……為什麼要找我？為什麼是我？」
「我剛好巧遇你。我買過幾個男人的陪伴課，但他們不是太專業就是太油太假，但你不同，你的可愛和誠實給了我一種微妙的安全感，而且你真好看！李風……李風……」
蜜拉深情又真誠的溫柔陷阱根本讓李風無法自拔，蜜拉沒有進一步動作等著他做決定的尊重感，更讓他難以抗拒。他突然清醒過來看著桌上的兩個信封，加上一整晚跟蜜拉愉快相處下來的親近感，他快要把持不住了。
「李風……李風……」蜜拉又再次輕咬著他的耳朵低吟，喊著他的中文名字。李風的中文名字被這個美國女人叫得這麼蝕骨銷魂，他全身感到一陣陣的酥麻。他終於徹底地被她撩起了強烈的慾火。他抱緊蜜拉輕吻她的頸部，然後向下延伸到胸部吸吮她的乳頭，兩個人開始慢慢脫掉對方身上所有的衣物，坐在電子鋼琴椅子上交纏纏綿。蜜拉滿足地呻吟著，李風也享受著快感，第一堂陪伴課就這麼順利地進行著。

蜜拉緊緊抱著李風的腰說她還想要，李風抱起她像抱著新娘般，慢慢地走到她的臥房將她緩緩放在床上。「你真好。」蜜拉親吻他，兩人繼續在這張質感高級又舒適的雙人床上激情做愛。

李風的第一夜，第一堂陪伴課，在紐約地獄廚房一張雙人床上展開。

凌晨三點，李風說他應該要離開了，蜜拉慵懶地躺在床上說：「別忘記帶走客廳桌上那兩個信封，幫我把門輕輕關上就可以了。晚安，李風。」

蜜拉不再叫他的英文名字 Victor，從她決定學習中文發音叫他的中文名字開始，李風明白自己的命運被改變了。他拿起客廳桌上那兩個信封，打開來看了一眼後，收到大衣裡面的內袋，走出公寓，在樓下用手機叫 Uber。以往即使再累，為了省錢他不會花錢叫車或搭計程車，摸著大衣內袋裡的兩個信封，他知道今天不一樣了。

凌晨三點的地獄廚房路上仍然有不少人，難道紐約的景氣真的回來了？

李風漠然地呆望著四周，一種不知道自己身在何處的疏離感圍繞著他。今天，不！昨天下午之後他的人生突然急轉彎，速度太快了，他根本來不及看見自己如何從舊跑道轉換到新跑道。

蜜拉香水和肉體的味道在他身上像魔爪般仍緊抓著他的身體不放，他不敢相信自己和一個才認識兩天的美國女人享受著過去從未有過的性愛高潮和快感，而且這個女人付給他五百美金現鈔。

二〇二二年一月的紐約冷風吹在他臉上，但他絲毫沒有感到寒意，他全身依然熱血沸騰、思緒如麻，耳朵裡依然迴盪著蜜拉的呻吟聲還有他的中文名字，李風覺得自己快要昏眩倒地。

旁邊疾駛過來的 Uber 司機叫了他一聲：「Are you Mr. Lee？」他卻以為是曉鈴在叫他?!「天啊！我在想什麼？」突然想起曉鈴，讓李風感到錯愕，心虛又疲倦地坐上了車。

車窗外凌晨的地獄廚房，攝氏溫度兩度，冰冷刺骨。

Gigolo

從地獄廚房回到布希維克後，李風整個週末都在床上昏睡，偶爾起身去廚房吃點東西喝口水後又再回房躺下。Aaron 見狀問他：「你是不是確診了？你有去打第三劑了嗎？」李風搖搖頭，翻個身繼續躺著。去年底 Covid-19 新變異病毒株 Omicron 造成紐約疫情回溫，Chispa 也因此關閉了幾天，Aaron 擔憂李風是否確診了。雖然現在確診後的症狀不像之前嚴重，但李風倘若確診的話應該要告訴老闆 Michael 一聲，讓他多休息幾天，並將他星期一的晚班跟其他人對調。「Victor，你有什麼不舒服或需要我幫忙的，隨時打電話給我好嗎？我要去 Chispa 了。我跟幾位朋友約在那，我們要討論未來的一些事情，我本來想找你一起的。」李風微弱地說聲謝謝後用棉被蓋上頭。Aaron 與李風相識多年算是蠻了解他的，看來李風有心煩但不想說的心事，於是安靜走開。

李風在 Chispa 的打工只剩星期一的晚班，加上有時候去一家搬家公司打雜工，他的銀行存款只夠再支付三個月的生活費。蜜拉支付的第一堂陪伴課費用是天外飛來的一筆收入，他付出兩次勃起和射精賺來的一筆不小的收入。李風疲累地躺在床上不是因為他付出的性體力，而是這一堂意外的陪伴課給他的衝擊遠遠大於二〇二〇年的疫情爆發，力量大得將他昨天之前的全部人生連根拔起。經濟拮据、精神空虛和前途茫然這些小憂愁瞬間不見了，這個人生急轉彎他沒有能力應付，這個人生急轉彎撞得他身心俱疲。他把頭悶在棉被裡，聽著 Aaron 開門關門的聲音，這是他唯一感覺真實的聲音。

經歷了兩天兩夜的忽醒忽睡，李風在星期一的早晨終於真正醒來。

他望著貼在牆上的班表，自己畫的打工班表，今天星期一晚班在 Chispa，「Chispa……Chispa……」李風喃喃自語。之前每次在 Chispa 打工總是他最開心的時候，他喜歡那種白天是社區咖啡館晚上是鄰里小酒吧的親切感，像家、像工作場所、像第三空間，錢賺得少卻是他在布希維克最有歸屬感的小天地。

然而此刻他對這個小天地有種恍惚不安的感覺。

「我就這樣走進了 Chispa，然後看見你在彈琴……」蜜拉那一晚的出現竟然改變了他的一生。

有一個星期一的晚班，他在 Chispa 吧檯內處理飲料，聽著坐在吧檯的兩位客人聊天。其中一位女孩說：「這裡的燈光很誘人耶！有點像妓院風格的燈光，超性感的！」李風突然感到反胃，他發現自己不就已經變成應召男、男妓了嗎？向某人收取你的時間並不違法，這基本上就是我們正在做的事情，我們正在向某人收取某人的時間。

每週六的陪伴課，李風開始有了優渥穩定的收入，但他對這堂課仍然有些糾結。這天他躺在床上撫摸著蜜拉的背部問她：「我……是不是已經變成應召男了？」

「不，你是 Gigolo，我的 Gigolo。」

「有差別嗎？」

「當然有，Educated, humorous, intelligent and a gentleman.」

「除了我，你有其他的 Gigolo 嗎？」一位出色的傾聽者。

「李風，你不應該問這個問題！專業的 Gigolo 不能問這類問題。你要保持自己與世無爭的態度，專業的 Gigolo 專注在兩個人之間的陪伴、放鬆、滿足和歡愉，甚至於療癒。你知道嗎？當我叫著你的中文名字並讓我高潮的時候，我覺得我整個人被性的狂喜療癒了。你走之後的星期天我可以徹底休息，並且同時讓我創造新的元氣面對接下來一星期的高壓工作。

「還有，李風你不要跟我聊到疫情相關話題！應該說一個稱職的舞男不要提到跟疫情相關的話題，即使坐在你對面的女人提到了，也務必要巧妙地轉移話題。疫情話題是男女相處氣氛的最大殺手，尤其在紐約。過去這段日子大家都受夠了，所有的單身女人與單身男人都受夠了，不是嗎？李風。」

蜜拉說她不要一夜情，也不想跟她同樣年紀的男人發生性關係——因為他們太無趣和自私了。

她說她想體驗與更年輕的男人發生性關係，創造與享受更有活力的樂趣，她說：「美好的性愛享受是所有女人一生最有效、最好的保養品。」

李風覺得自己一點都不理解女人，他在台灣受的教育從來沒有教過他如何理解女人，更沒有教過他如何與女人相處，和蜜拉在一起，他像發現了新大陸。

「你知道嗎？對很多女人來說有時候性行為是次要的，因為更重要的是陪伴與聆聽。我有個朋友，她男友前陣子甩了她，她找了一位Gigolo，她要他握著她的手，陪她說話直到她睡著，就這樣。」

李風困惑地看著蜜拉，她微笑著繼續說：「在紐約很難有正常的約會，疫情爆發後更難了。多數男人不喜歡聰明的女人，而我們這種聰明獨立的女人，加上不醜，加上年齡，更難。放諸四海，女人的為難都是一樣的。」

她捧著李風的臉說：「Gigolo 是讓女人歡愉的新興產業，這個服務產業從低俗色情到專業陪伴，這是個充滿變革性的人性發展。男人提供女性專業服務，女性付費選擇男人的陪伴，這對我們女人來說就是正面、充滿希望的性革命。」

李風對蜜拉的論述感到不可思議，他相信如果蜜拉在台灣開課，對所有台灣女人與男人講述她的性革命想法，她會撼動台灣社會的，他知道蜜拉真的會。

6

■火花熄滅

李風身處 AC 新世界近兩年了，這是個恐懼和適應不斷交錯重疊的新世界，這是一場脆弱的人類和疫情長跑的新世界。在新世界裡人們真的能找到正常的新生活嗎？李風跟所有人一樣都沒有答案。

紐約位居新世界關注的中心，百老匯、所有表演中心與商家關閉又重開，始終都有全球媒體的報導。然而紐約很大，每次李風跟妹妹解釋他住在紐約市布魯克林區的布希維克，妹妹永遠記不住布希維克這個陌生的名字，她總是告訴所有親友我哥哥住在紐約。在台灣所有親友腦海中李風就住在那個摩天大樓林立的刻板印象中的紐約一間房子裡。

李風住在主流媒體不太會關注的布希維克——除非這裡發生槍擊案或是夏天的街頭藝術季才會吸引主流媒體的報導，因此布希維克的商家重生與關閉，從來就不是重要的新聞。但是對李風來說，Chispa 即將停止營業就是他人生的大事，又是一個需要面對與適應的大事；而這件大事正巧發生在他和蜜拉之間那堂陪伴課之後，讓他更感覺無力與無助。在這個新世界他幾乎沒有什麼選擇權，作為一個所謂的彈鋼琴的人與從台灣來的鋼琴家，他花費過去二十五年的青春和心力所累積的能力在這個新世界卻顯得不合時宜，古典音樂人的能力怎麼在新世界的大海裡找不到任何可以拋錨的點？

Chispa 對此刻的李風不僅是一個讓他有微薄收入的一家店，更是讓他唯一感覺擁有選擇權的小天地。

但是對李風而言最壞的一天還是來了。整個紐約疫情趨緩，房東下個月準備要開始收房租了，但這對 Chispa 老闆 Michael 而言未必是壞消息．疫情之前 Michael 經營 Chispa 完全是業外小生意。多年前的一個夏天他因為偶然的機會和朋友來到這裡參加 The Bushwick Collective，當時剛從華爾街股票經紀人退休的他，被這裡生猛新鮮又愜意的布希維克深深吸引，從曼哈頓市中心有三條地鐵車程，大約半小時左右就到這裡，對一向愛吃南美洲食物的他布希維克簡直就是他揮霍的天堂。

Michael 剛好在朋友的活動中認識了 Aaron，一位住在布希維克的舞蹈家兼調酒師，慫恿他來這裡做個小生意。手上有大把鈔票的 Michael 請房屋仲介找個街角商家空間，然後選了一個西班牙文的店名火花 Chispa，成為他在布希維克的小投資。他經常來這放鬆喝酒聊天交朋友的類私人俱樂部，每當他跟曼哈頓朋友提到他在布希維克有個小咖啡酒吧，大家都投以欣羨的眼光，讚美他是時髦的紐約投資客。

時髦是真的，現在紐約客提起布希維克多半會說那是個 chic 的地方，已經不再是槍林彈雨、毒梟匯聚的黑暗區，取而代之的是街頭塗鴉藝術的新天堂，以及時髦想省錢的紐約客及來自其他城市的創意人和藝術家匯聚之地。然而有閒錢的人畢竟還不夠多，Chispa 自開張以來總是微薄營利中，甚至有時候 Michael 還要倒貼房租和薪資，不過沒有將 Chispa 當成主要投資的他，不在意沒有利潤或賠一點小錢；因為他喜歡這裡的人事物，還有他在這裡實現了曾經做過的夢——就是成為支持藝術家背後的那個人。

從小喜歡畫畫的他總是相信自己會是畢卡索第二，但是父親在他十二歲病逝，母親後來再嫁遇人不淑，酗酒賭博的繼父花光家裡的錢並債台高築，母親抑鬱而終也離開了他。十五歲的 Michael 收拾包袱，用身上僅有的錢買張車票連夜從波士頓到紐約投靠舅舅，他母親唯一的弟弟。舅舅當時是華爾街銀行的小職員，舅媽是家庭主婦平常在家照顧著 Michael 的小表弟，他們一家不愁吃穿但非大富大貴，對 Michael 也算友善，但是畢竟是寄人籬下。有一次舅舅帶著 Michael 逛華爾街和南街碼頭商圈，兩人走在路上享受著秋天舒爽的微風，舅舅突然對他說：「我只能在你上大學前給你一個遮風避雨的地方，以後你要靠自己，不要想著當藝術家，放下畫筆吧！好好運用數字讓自己致富。在紐約，只有錢才是真的，其他都是假的，以後你就自己一人了，賺錢讓自己好好活下去。」

過去近兩年期間他沒有從 Chispa 獲得任何利潤，即使房東沒有收租金。因為疫情趨緩後他讓員工們都能回來上班，沒有減少人力，同時調降餐飲定價希望客人重新回到這裡，讓每個店長分別負責每晚的節目。有時候他還會請演出的來賓喝酒，讓 Chispa 不只是白天咖啡館晚上酒吧，而是這個社區最溫暖的第三空間。很多熟客一早就來點杯咖啡坐在這裡，享用店內免費 Wi-Fi 打電腦工作一整天。Chispa 的經營模式幾乎像是個社會公益事業，百分之九十營運理念基於支持這一群文青員工，讓一群在紐約追夢的年輕人有個地方可以工作、可以聚會討論事情、可以發表創作的作品和有個歸屬感的地方可以窩著。但這在願意花錢的白種客人並不多的布希維克，要經營這樣理念的咖啡館與酒吧總是很難獲利的。

然而疫情爆發嚴重影響到 Michael 的股票投資，他的財務狀況不如以往穩定，加上他是個喜歡找朋友聚會聊天的派對動物，疫情爆發同時冰凍了他的社交人生；加上 Michael 累了，他不得不開始思索自己未來生活的新模式。他想先將眼前所有人事物收攤歸零，讓自己沉靜與安靜思考未來；但面對這群他喜愛的文青朋友們他常不知如何開口，而房東在這時提出即將要收房租，剛好給了他結束營業的好理由。

Aaron很早就察覺Michael心裡在想什麼，他瞞著李風自己開始找其他工作，因為他知道李風很愛這個工作。雖然李風的班很少，最近變得只剩一個晚班；不過李風卻越做越開心，視Chispa為一個家：讓他有依靠的家。

紐約人早已習慣商家開開關關，他們只會嘆息一次說一聲遺憾，接著開始籌備張羅告別派對。

Chispa關閉前夕李風發簡訊告訴曉鈴：「Chispa就要結束了，就像如果善化糖廠的冰店要結束了一樣讓我難過。」他就是想跟曉鈴述說他心裡的感受。

「笨蛋！冰店不會消失的。」曉鈴即刻回覆他的簡訊。

李風看著她傳來的訊息心頭一陣暖流流過。

Chispa的最後一天，員工和客人們像過生日派對一樣興奮開心，大家對「失去」的豁達態度鼓舞了李風，他失去了成為國際鋼琴家的夢想，但又何妨。

而最讓李風意外的是曉鈴竟然出現了，從西岸特地搭飛機來參加Chispa的最後一天，其實是李風的簡訊給她藉口來看他。「你到底好不好？」她端著酒杯走到他身邊問，李風不曉得該說什麼。「你找到新工作了嗎？」她進一步貼近著他的耳朵問，李風嘴角揚起，看著她點頭。

「妳呢？妳都好嗎？」
「工作很好、很順利，客戶線已經橫跨美洲和亞洲兩大洲了！」
「真好！真為妳開心！男朋友呢？」
「太多了！你要問哪一個？」
「住在妳心裡最久的那個。」
「住久了會發霉。」
「住久了才是真的。」
「你呢？怎麼……跟郁文沒有後續？」
「她有提到我？」
「沒有，她有一陣子沒有消息了，她更忙……」
「妳會在紐約待幾天？」
「我明天下午就要搭飛機趕回去工作了。」
「什麼？妳今天才剛到不是嗎？妳……特地來……」
「對啊！不行嗎？」
「妳晚上住哪？我都忘了問妳，要不要住在我那裡？」

「不用了，今晚我住在布魯克林藝站 BAS（Brooklyn Artists Studio），就在旁邊而已，今天你們應該會嗨到天亮吧！」

「喔……如果妳想吃早餐，我帶給妳……」

「你先幫我去要根菸，我現在想抽菸。」

李風跟同事要了根菸後，跟曉鈴一起坐到店門口的戶外椅子，他陪她抽菸聽她說話，她也聽他聊 Chispa 過往的點滴。除了梗在兩個人心裡的尷尬和微妙之外，他們就是能夠自自然然地輕鬆聊天，找不到太多合情合理的理由來解釋為什麼這兩個人就是聊得來。東方人會說這是緣分，西方人會說這是 serendipity。可能就是喜歡吧！

7

■歌劇與印度愛經

卡內基廳

實體的火花熄滅了，新火花卻在李風身體裡、生命中熊熊燃起。

李風和蜜拉每週五晚上的陪伴課已經進行了兩個月，雖然目前蜜拉對他的陪伴服務還算滿意，但對於這份工作他適應得很慢，隱性的抗拒感一直如影隨行，只有在他手握著內裝美金鈔票的信封離開蜜拉公寓前往地鐵站的那段路上，那種抗拒感才被生活的現實感所取代。現實感的重量在這段短短的路程裡清晰可見，原來感覺的重量可以在從捉襟見肘到綽綽有餘的變化中被看見，被他靈魂深處的兩雙眼睛直視著。

一雙是來自他原生家庭價值觀的舊眼睛，另一雙是理解他出售肉體和時間的新眼睛。這兩雙眼睛橫跨在李風靈魂的兩端，沒有爭誰輸誰贏，只是靜靜地在兩端直視著他，將他分裂為兩個人；而分裂點就是每週五晚上。

李風其實是欣賞蜜拉的，因為蜜拉完全就像他之前夏天喜歡坐在林肯中心前的台階上，欣賞漫步在他眼前那些知性時尚的女性。他不喜歡豔麗豐滿的女性，偏愛清秀和開朗的女性，蜜拉整體就是他欣賞的類型；但他沒想到這樣的女性現在竟然是他的客戶。蜜拉叮嚀他要用「客戶關係」維繫與進行他們之間的陪伴課，這個客戶關係讓沒有太多就業能力的他保持可觀穩定的收入。

妹妹固定每兩周用 line 跟他通話，兄妹倆總是聊著台南和紐約兩地疫情的變化，不痛不癢沒有重點，真正的重點總是落在最後準備要結束時的對話：「哥……你錢夠不夠啊？爸問我……」李風總是含糊地說著「夠」這個字，妹妹不傻，結束 line 通話之後，「錢不夠要說喔……」PO 上來這樣的一句話，每兩周的同樣一句話總是讓李風藏在眼眶裡的淚流了出來。

身為公務員的父親因姑姑的債務過著拮据的日子；身為公務員的妹妹李晴省吃儉用照顧父親、照顧這個家。他們隱忍於這個外人看不見的辛苦日子，支撐著他們的是心中的期盼，期盼他們家的鋼琴王子載譽歸國。疫情爆發前還聽到李風興奮地提到有一家經紀公司考慮簽約他為公司旗下藝人，幫他安排巡迴美國的鋼琴演出計畫。「這家公司規模不大啦！不過我至少是美國經紀公司旗下的藝人，妳知道嗎？

很不容易的……」那是李晴最後聽到李風的意氣風發。

二〇二〇年三月之後，她只希望李風好好地活著，活著就有希望。每次父親關心他們兄妹倆聊的內容，李晴就用「活著就有希望」這句話，安撫父親的關心和終止父親的追問。在全人類共同錯愕和無奈的疫情洪流中，渺小的李晴和無力的李風僅能靠著「活著就有希望」這六個字給予父親希望。

而李晴對他說的那六個字「錢不夠要說喔……」卻是李風每週五晚上坐地鐵到蜜拉公寓的動力。

李風從小到大習慣凡事都要有心理準備和努力準備，這是他從小學琴養成的習慣。去鋼琴老師家上課前在家每天練琴為了準備上課，勤奮練琴為了比賽準備，努力練琴為了出國留學準備，到了紐約拚命練琴為了獲得那張畢業文憑準備。但是，現在每週五晚上去蜜拉的公寓他要準備什麼？

什麼都不用準備，他只需要帶著他的肉體和時間。但是兩個月後，也就是在Chispa結束營業之後，蜜拉對他提出新的要求，她要李風陪她去看歌劇《蝴蝶夫人》，以一個稱職的男伴挽著她的手走進紐約大都會歌劇院。蜜拉說他們陪伴課的新教材是「出門在外一位稱職的男伴」。

蜜拉要他星期五晚上來她公寓的時候帶著最成熟的衣服和配件，她希望去看歌劇出門之前要有好的準備，她要知道李風會穿什麼顯得成熟的衣服來搭配她。

這天星期五晚上李風帶來的衣物中只有那件蜜拉見過的黑色大衣過關，其他的襯衫、褲子、毛衣、背心和領帶都不OK，搞得蜜拉根本沒心情跟他做愛，就趕在商家關門之前帶著他出門購買顯得成熟體面的新衣。李風的心情也被她搞得很詭異，只有在中學之前母親會帶他去買衣服，高一之後母親說他是大男孩了，自己可以決定要穿什麼衣服。為自己買衣服的那天是他人生相當重要的一天，他覺得自己不僅是成熟的大男孩，而是變成有自主權的男人了。他很開心自己還不到十八歲母親就給了他自主權，從此親自選衣和購衣總是李風個人很享受的時光；但沒想到這個自主權現在卻被蜜拉輕易地奪去，而他又不能顯露不悅，實在讓他五味雜陳。

蜜拉帶著他奔往位於57街的Nordstrom Men's Store。李風從來不會在這家高級男裝百貨公司買衣服，他一向不會去逛他不會購物的商店。過去他出門買東西都是目標取向，逛街從來就不是他的生活項目。這家男裝店可以說是離茱莉亞音樂學院最近的男裝百貨公司，可他之前就僅有兩三次在櫥窗前面逗留，看了一下櫥窗藝術展示後就離開了，從來沒有想要進去，他認為買不起就不要看到它們。

他們大約七點趕到，距離晚間八點關門還有一小時。蜜拉熟門熟路的直接帶著李風到她已想好的櫃位，甚至款式和顏色她似乎都已有定見了，叫李風選好自己的尺寸趕緊試穿。

店員誇李風很帥，且身材精瘦穿什麼都好看。「這款襯衫有墨綠色的嗎？」蜜拉問店員，店員相當專業的即刻回覆目前櫃位沒有S號的墨綠色，但倉庫應該有，蜜拉問他從倉庫調S號到這裡最快需要幾天，店員說他馬上去打電話跟公司確認。「蜜拉，為何一定要墨綠色的？這件還有這個櫃位的其他款式也不錯啊？」李風低聲問她，「要搭配我的禮服顏色，讓我們看起來是一對完美的伴侶。」蜜拉笑著回他。

敏感的李風瞬間意識到他現在正在工作，他必須從自己的心理世界轉換到蜜拉的心理世界，這是蜜拉在他們第三次陪伴課後的特別叮嚀，當時他不是很懂，現在他忽然領悟了。

店員掛電話後告訴蜜拉，待會就可以從倉庫調出那件S號墨綠色襯衫，最快明天下午可以送到蜜拉指定的位址，如果是在曼哈頓的話。蜜拉滿意的笑著說：「我的公寓離這裡不遠，快遞費我來付。」

「不！快遞費由我們來支付，為您服務是我們的榮幸。」店員回她，蜜拉微笑著點頭。當她確定上半身的主色之後很快地就決定其他衣物了，然後在這櫃位又買了兩條領帶、一件背心和一條長褲給李風。店員沒有顯露太多內心的欣喜，始終保持著應有的服務態度和溫度，並在蜜拉刷卡的時候對她說：「你們兩位搭配起來一定很完美。」

李風當下回過神來對他說：「謝謝你。」蜜拉優雅地點頭微笑，從包包裡拿出一張五十元美鈔，給店員當服務小費，然後挽著李風的手跟他輕聲說再見。

當他倆走出 Nordstrom 之後，蜜拉才開口對李風說：「他很機靈對吧？如果你像他一樣機靈，剛剛就不會問我為何一定要墨綠色的？我覺得他有潛力成為 Gigolo……」

李風一時不知如何回答，倒抽了一口氣，努力轉換心緒，緩緩地說：「我很期待看到妳那件美麗的禮服。」

「這才像話。」蜜拉瞪了他一眼說。

兩個人順著57街沒幾步就走到街角的卡內基餐館 Carnegie Diner & Cafe'，蜜拉說就在這裡坐下來吃點東西。這家餐館於疫情後在街道上搭建了內有暖氣架的戶外用餐空間，因為亮著燈光的卡內基廳讓夜晚的57街特別美麗，許多客人坐在戶外區。靠近馬路邊還有一個空桌，蜜拉說她想坐那一桌。

他們一坐下，蜜拉望著斜對街的卡內基廳說：「Carnegie Hall，李風，那是你的世界。」

李風又倒抽一口氣，停了一下說：「如果你想去那裡聽場音樂會，我很樂意陪妳的。」

他的內心開始攪動了起來，但他努力掩飾著不舒服的感覺。

蜜拉顯然餓了，低著頭專心吃著她點的大漢堡。平日她絕不吃漢堡，今晚她竟然破例大口吃著。李風望著矗立在他斜對面的卡內基廳百感交集，黑夜裡閃著燈光的卡內基廳確實比白天好看，還是茱莉亞音樂學院碩士生的他，除了存錢買票坐在裡面聽音樂會之外，也經常晚上逛到這裡瞻仰他的音樂殿堂。站在這個角度望著這座古典音樂人的殿堂做著大夢，有一天來自台灣的鋼琴王子將在這裡演出，爸爸和妹妹專程從台灣飛過來坐在台下驕傲地看著他。

那個大夢怎麼很遙遠了？也變得好模糊了？李風的眼眶有些模糊了。

「你要喝杯紅酒嗎？」蜜拉拉著他的手問。

「好啊！謝謝……」李風用力擠出一個微笑說，他心想完了，自己又失態了！不！是失職了！

他連忙向服務生招手點了兩杯紅酒。

「李風，聽著，你在陪我的時間裡，不要再讓我看到你的多愁善感。我不喜歡多愁善感。你要比我快樂才能給我快樂。你要比我更能享受其中我才能享受其中。我花錢是買快樂，不是買多愁善感，曼哈頓街上多的是不值錢的多愁善感！不要再犯規了！」

蜜拉拿起紅酒喝了一口繼續說：「我自己剛才犯規吃了一個大漢堡，這不是我的生活品質，但我太餓了。本來我想吃完之後，走到中央公園旁那家 Marea 米其林餐廳的酒吧請你喝一杯，但我不想寵壞你，等你下次表現得更好時再說。」

李風一時不知如何是好，他急促地想要轉換心情，這讓他突然想起蜜拉喜歡的一個動作，於是他輕輕地牽起她的左手親吻著，從無名指慢慢地吻到大拇指。吻到蜜拉臉上終於浮現一抹微笑。

「走吧！李風，回我家，做你該做的事！」

兩個人走出 Carnegie Diner & Cafe'，李風沒敢再多看 Carnegie Hall 一眼，他倒是認真地看著在他身旁來來往往的人們，被蜜拉形容為不值錢的多愁善感的人們。他必須認真地遠離多愁善感，他今晚值四百元美金，外加額外的治裝費，今晚李風的價值絕對超過一千美金。

李風挽著蜜拉的手走在曼哈頓，他發現昨天的舊李風已經遠遠在他身後，逐漸變模糊了，今天的新李風讓他感到陌生又實在，一個不再多愁善感的新李風。

蜜拉說的話乍聽之下平淡，實則洶湧，她的語氣一向平穩溫和，沒有辦公室高階主管的權威與命令；但一句句如魚刺總是梗在李風的喉嚨，久久無法吞嚥，同時在心海裡洶湧翻攪。

歌劇裡的重生與和解

陪伴蜜拉去看歌劇《蝴蝶夫人》的那天中午，她傳來簡訊：「你的S號，我將它放在床上跟我的禮服搭在一起，好看極了。好想跟你做愛，你現在可以先過來嗎？」李風不是很想出門，他正在廚房煮麵，今天是Aaron生日，他答應Aaron中午請他吃他獨家的湯麵。可是他又不能讓蜜拉不開心，說到底今天是他的工作天，他將火關上走到客廳對Aaron說：「Aaron……因為我要先出門處理些事情，所以我想連續三天煮不同的湯麵午餐請你，你覺得如何？今天的湯麵煮好了，你先享用好嗎？」Aaron聳聳肩說好，沒問李風要處理什麼事情，李風臉上的表情已經告訴了他。

今天是美好的一天！Un bel dì, vedremo.（美好的一天，我們拭目以待）。

李風一直沒問蜜拉怎會對歌劇感興趣，從他認識她以來兩人聊天談的話題並不多，多半圍繞在蜜拉的工作，關於數位行銷的領域；但往往李風是有聽沒有懂，對他來說那是個全然陌生的世界，他唯一能確定的是蜜拉喜歡目前這份工作並樂在其中。她常說：「我天生擅長行銷，疫情爆發後我的收入倍增，李風，我有足夠的錢讓我們開心。」

在今天之前開心的事，都是去曼哈頓深具特色或高級的餐廳吃晚餐，有時候會再到酒吧喝酒，若不去酒吧就是直接回到她的公寓做李風該做的事。進門後李風會自己先脫掉全部的衣服開始溫柔地親吻她，從她右手的無名指開始，李風的嘴唇順著脫掉她衣服的部位慢慢輕吻，直到脫光衣服吻完全身，然後狂猛地進入她溫軟的體內深處，一寸又一寸的深入讓她歡愉呻吟。這是蜜拉的開心，這是她教會李風如何做他該做的事。

而今天，美好的一天，Un bel dì, vedremo，李風第一次要陪她去看歌劇，也是李風自從來到紐約第一次攜女伴走進大都會歌劇院，這位女伴還花錢幫他治裝搭配她今晚想穿的禮服，一件漂亮的深紫色蕾絲長禮服，深紫和墨綠，蜜拉說這是性感的雙色組合。

通常李風到蜜拉住處需要搭地鐵約一小時，今天轉車很順利四十分鐘就到蜜拉的公寓了。

之前，還是疫情之後？去年重新開放的時候？」李風說他的「上一次」是疫情之後，但是純屬意外，他無法忘記的意外。

紐約大都會歌劇院——這個全球最大的藝文表演中心因疫情關閉了十八個月，直到去年五月開始啟動一系列重生計畫，其中讓人印象深刻的是亞裔設計師 Mimi Lien 將戶外廣場改造成了一個綠色公園和戶外表演場所，並命名為 The Green。整片水泥廣場變成草地公園，還有草皮覆的坡道、座椅和圍繞著 Reverso 噴泉的半圓形隱蔽處。設計團隊表示是運用可回收的生物基 SYNLawn 製成的假草，這種草狀材料的大豆含量高，其中部分原材料來自美國農民。他們說希望所有人都可以隨時隨地在這裡坐下，感到一種被環抱的感覺，同時又能感到開闊；他們還說要將這片廣場重新定義為一個社會基礎設施，比如一片城市綠地、一個人們聚集與共用的地方。但是李風整個夏季直到九月初都沒有來看過這片充滿重生與希望的綠地，他在布希維克到處打工賺錢活下去，他沒有興趣花錢花時間坐地鐵來到這裡看別人如何重生。

直到九月底時茱莉亞音樂學院的同學來電跟他說鋼琴教授想邀幾位同學見面，「教授說他特別想見你，想關心你好不好……」一開始李風找個藉口婉拒邀約，後來同學再來電說：「教授剛辦理好退休，他要回故鄉希臘養病……他胃癌末期，他說他要回去葬在家族的墓園。Victor……他想見我們幾個人最後一面……最後一面，好好說再見。」

那天上午李風跟其他三位同學在教授家裡相會，教授就住在林肯中心附近，李風路過林肯中心的時候發現那片草地公園已經沒有了，廣場恢復了疫情前的模樣，感覺歌劇院和大家都重生了。

李風和這三位同學也就是教授門下的師兄妹們圍繞在教授床邊，師母說已備好餐點飲料在客廳桌上請大家隨意自用，她說她不招呼大家了，讓他們四個人跟教授獨處說話。

教授看著李風握著他的手，李風突然放聲大哭說對不起，對不起畢業之後都沒跟教授聯繫，教授和其他三位同學拍拍他說沒關係。

已經分裂成舊李風和新李風的他，此刻在教授床邊轉換回到那個舊李風，往事如煙，李風哭完後慢慢冷靜下來告訴教授畢業之後他的日子並不好過，教授摸著他的手說：「Victor，不管你未來做什麼都行，你不需要被古典音樂、被鋼琴綁架，知道嗎？」教授病重氣弱，只簡短跟他說了這麼一句話，沒想到這句話卻讓李風剎那間有了重生的感覺。疫情後天天聽到媒體和紐約人提到重生——他毫無感覺的這個詞，但此刻這個詞卻如熱血電流般猛烈地貫穿他的肉體與他的靈魂，他又再度飆淚，趴在教授床邊啜泣。教授沒有說話，他慈祥平靜的眼神靜靜地看著這四位他關心與擔心的學生，用他最後的溫柔眼神跟他們說再見，無聲地、好好地說著再見。

大家就這麼安靜地在彼此的時間裡度過珍貴的每一分每一秒。

過了半小時師母輕聲地走進來，用手示意時間到了，教授似乎疲累了，閉上眼睛休息。李風和同學們強忍著悲傷走出教授房間，待師母關上房門後緊握她的手說，「很好，能夠跟大家說聲再見。」師母臉上滿是笑容。

李風走出教授公寓大樓後，轉來到林肯中心廣場，他想在這個廣場階梯坐下，看看自己，看看眼前重生的世界。他在階梯上剛坐下沒多久，一對男女跟他說手上有馬上要開演的歌劇《骨子裡的烈火》（Fire Shut Up In My Bones）的票，問他要不要，因為他們朋友臨時不能來，「這齣是歌劇院重生的第一檔，大家搶著看，票早就銷售一空，我們好不容易搶到站票，好不容易。」李風馬上說好，將身上所有的現金三十八元給了她，拿著票直奔歌劇院去。

「蜜拉，紐約大都會歌劇院的重生之日是九月二十七日，我的重生之日是十月十六日，星期六。」

李風沒有跟蜜拉說十月十六日那天上午他去教授家，他只輕描淡寫說剛好經過，剛好遇見要賣票的陌生人，剛好他身上還有三十八元現金，付了那張三十七點五美金的站票，對方還給了他零點五美金硬幣，然後他竟然剛好看了當時全紐約藝文界熱烈討論的火紅大劇《骨子裡的烈火》。

蜜拉睜大眼對他說：「你真幸運！」她說媒體簡直瘋狂地報導歌劇院重生後的這一齣歌劇，這是歌劇院一百三十八年的歷史中第一次上演黑人作曲家創作的歌劇，並且是疫情封鎖後重啟的第一齣。她說等她找到人一起看要買票的時候早就沒票了，連站票都沒有了。

蜜拉舉起酒杯：「李風，敬你的重生，敬我們的週五晚上，敬男人與女人，敬我們今天的性與快樂。」

兩個人吃飽喝足離開餐廳，越過馬路踏著林肯中心的階梯一步步走向歌劇院，這麼短的路程李風的心緒卻千絲百轉。第一次穿著名牌盛裝走向歌劇院，第一次挽著女伴要去聽歌劇，第一次不再是一個古典音樂人走進這座音樂聖殿，第一次以工作者的身分步入劇院，一個以肉體和時間陪伴換取收入的 Gigolo。

蜜拉總愛糾正他的用詞和思考：「李風，你超越傳統的 Gigolo，你是我的 Covid

Gigolo，或是 male companion for elite women（女性菁英男伴）。」

他心裡總是不以為然地想那些名詞有什麼不同，他心裡比誰都清楚他就是私下銷售肉體提供性服務時間的一個男人。如果灑狗血的台灣媒體知道他的工作，他們會用應召男、男妓、牛郎、公關男……這些清楚明確的名詞稱呼他，客氣一點會說他是舞男。現在舞男兩字似乎比較適合他置身歌劇院裡的身分。

今晚的《蝴蝶夫人》是奧斯卡獲獎導演安東尼．明格拉（Anthony Minghella）於二〇〇六年的劃時代製作，這位曾憑《英倫情人》、《天才雷普利》和《冷山》榮獲國際獎項但英年早逝的導演，當年以無比的勇氣從電影畫面到歌劇場景，挑戰兩個各自複雜各具難度的藝術領域。主修鋼琴的李風並非歌劇愛好者，只是從小他的視譜能力很強，經常被邀約當伴奏，尤其主修聲樂的女生和聲樂老師特別愛找他。說他不僅視譜強，而且很懂得跟著聲音走，而當時其他同學都笑說主修聲樂的女生喜歡對他這位帥哥唱情歌。但今演坐在台下的李風並沒有跟著聲音走，他一直被色彩的氣勢、寬屏的美學設計吸引著。

第一幕結束中場休息時，蜜拉說要去化妝間，李風則說他想走到二樓露臺看看。

過去李風都是從廣場抬頭看著一群群站在這個歌劇院露臺的人，帶著羨慕的眼光看著他們一副君臨天下的優越感，他們是一群有錢買好位子的上流社會族群。去年十月十六日那天中場休息時，李風從站票區跑上來混到露臺，發現自己是現場穿著最不體面的人：身旁所有人都是精心打扮，參與劇院封鎖十八個月後重啟的盛會；而他畢竟是臨時買票進來看的路人，他沒有多待就下樓回到他感覺自在的站票區。

不過現在李風可是從頭到腳包裹名牌和品味體面地站在這裡，他的模樣完全融入這個露臺畫面，身材精瘦、亞洲男人臉孔和光頭造型，讓他在畫面裡顯得獨特出眾，他贏得了一些注視禮。

一位漂亮優雅的黑人美女對他微笑說：「我喜歡你的墨綠色襯衫，真好看！」

李風禮貌地笑著回說：「謝謝，妳很漂亮！」

黑人美女接著問：「你一個人來看歌劇嗎？你坐在哪一區？也許你就坐在我旁邊呢！」李風回說他跟他的女伴一起來的，黑人美女的眼神瞬間失了光彩：「喔！你的女伴很幸運，祝你們今晚愉快。」隨後故意保持優雅的姿態悻悻然地走開了。

黑人美女離去沒多久，一位年輕的棕髮女郎走到李風面前：「嗨！Victor，好久不見！」那是他在茱莉亞音樂學院的羅馬尼亞女同學 Ioana（約安娜）。當時班上最聰明亮麗的小提琴家，從來沒有正眼瞧過李風。還有一次他無意中聽到 Ioana 跟其他同學聊天時，故意模仿他的英文腔調取笑他的破英文，還說她才不會浪費寶貴時間跟李風說話。當時李風氣得想跟學校相關單位控訴她的歧視行為，這種事情在美國是個超級敏感的問題，他當時還跟曉鈴討論這件事該如何進行。沒想到曉鈴竟然說：「跟她說話的那些人會為你挺身作證嗎？如果你確定那幾個人會幫你，你再去處理；若你沒把握全部都會幫你，這件事就算了。她如果是經常這樣歧視人的話，你放心，總是有人會有機會幫你教訓她的，你省省力氣先放下吧！去練你的琴，別浪費時間和力氣在那個人身上。」

李風故意停頓了一下說：「是你喔！你叫 Ioana 對吧？你好！」

她有點不悅的看著他說：「你看起來發財了！」她的另兩位女伴也上前來一起打量著他。

「謝謝！我很忙，我的女伴在裡面等我。」李風沒看她，深沉又穩重地說著，眼睛瞧著裡面蜜拉背對著他站在入口處，他一副完全將老同學 Ioana 當空氣的樣子走開。盯著蜜拉那一身漂亮的深紫色蕾絲長禮服，一步步揪緊屁股像走時尚舞臺般靠近蜜拉，他優雅地伸手捏了她屁股一下，並輕吻她的臉頰，摟著她的腰往前走進座位區。

蜜拉得意地笑著問：「怎麼啦！李風？」

「我想讓我們身後的所有女人忌妒地看著妳。」

「喔！你成長了，真好！」

劇院燈光漸暗，而李風過往壓抑的情緒漸強，《蝴蝶夫人》第二幕即將開始。

李風用今晚獨特的身分報了當年 Ioana 欺負他的仇，他從來沒有這麼剛強過，他也很少這麼有自信。這段時間他一直鄙視著新李風，他一直糾結，跨越在舊李風與新李風中間，Ioana 的出現讓他這個兩李風之間也出現和解。「放鬆地順著命運的河流吧！」他對著內心的自己說。他不像上半場緊繃與不安，他現在放鬆下來了，他準備好聆聽《蝴蝶夫人》第二幕裡那首〈美好的一天〉（Un bel dì, vedremo），那首原本從下午開始內心抗拒的詠嘆調，那首在蜜拉在公寓裡播放的做愛旋律。

當女高音巧巧桑（CioCioSan）唱完〈美好的一天〉，觀眾的掌聲如雷響起，蜜拉激動地拉著李風的手說：「太精彩！太刺激了！今天我們的角色扮演太成功了！」

「什麼？角色扮演？」

「你是 Vivian，我是 Edward。」

「蜜拉妳在說什麼？我不懂……」

「你是Julia Roberts，我是Richard Gere，Pretty Woman（《麻雀變鳳凰》）那部電影啊！」

他拿起手機放低在腳下查這部電影，蜜拉十七歲的電影，他還沒出生的電影。看了電影簡介他終於懂了，蜜拉在玩這部電影的情節與角色扮演，「真有妳的！」他看著她，但他又在想這個女人是怎麼了？是個創意十足的女人，還是內心孤獨無聊的女人？是個享受權力支配的女人，還是渴望解放自己的女人？這段日子以來他並沒有花太多心思去探索與理解她的內心世界，因為他光應付自己都來不及了，而此刻他竟然開始想要了解這個女人。

下半場快要結束時李風發現左邊隔兩個位子有位中年女士好像一直在注意他，這位濃妝穿戴華麗的白人女士有幾次還跟李風的眼神對上，偶爾跟她旁邊另一位白人女士竊竊私語，另一位白人女士整體裝扮比較素雅，看起來年齡跟蜜拉差不多，也不定時瞄了李風一眼。

李風靠在蜜拉耳朵低聲說：「我左邊有兩位女士好像一直在注意我，妳認識她們嗎？」

「當然不認識，要是認識早打招呼了，你想太多。在紐約人看人很正常，有人看你不是你好看就是你好怪，你需要在乎嗎？」

「我是覺得今晚她們一直在看我……」

「沒有男伴的紐約女人忌妒身邊有個年輕男伴的紐約女人，你要不要算一下今晚有多少女人羨慕忌妒我？我以前也跟她們一樣，我懂。」

短暫的工時、豐厚的酬勞和耳語相傳的優良口碑，讓他在家人面前重拾自尊。李風說他有做功課，他說他是學音樂的。蜜拉看著他說：「我喜歡聽你講這些東西，有意思，而且……當你在述說這些夢幻的事時，臉上有著迷人的孩子氣微笑，這很珍貴，很貴重，很值錢。」

今晚在歌劇院是他們兩人聊最多藝文話題的一個晚上。

印度愛經

Kama Sutra

《蝴蝶夫人》歌劇之行後，蜜拉確定李風已上軌道，於是準備了進階版教材讓他實踐。

這天星期五晚上，李風坐地鐵前往蜜拉的公寓，途中她傳來一則簡訊：「今晚將會是新的里程碑，好期待。」他看完這則短訊後抬起頭，微微往後靠在車廂玻璃上。現在的他在前往蜜拉公寓路上不再像最初的兩個月那麼空虛。那什麼都不用準備的兩個月，他經常坐在地鐵車廂裡發呆，即使有人在他面前拉著車廂把手桿跳舞或唱歌，他也無感，除非遇到精神狀況不佳的流浪漢或怪人靠近他，他才會恢復心神提高警覺。一場世紀疫情製造了更多瘋子，每次出門搭地鐵若沒遇到怪事和怪人那才奇怪。

蜜拉不是怪人，但有時候她的怪花樣讓李風招架不住，曼哈頓路上或地鐵車廂裡的怪人對李風來說通常都好打發，只要給他們一張一元鈔票或食物就可以了。但蜜拉不是，今天晚上他不知道她又要出什麼新招，他故意壓低頭但用眼神掃描這節車廂裡的所有人，確定了所有乘客看起來都是正常人，於是將頭後仰微靠在車廂玻璃上閉目養神，好迎接今晚新的里程碑。

他到了蜜拉公寓，蜜拉打開門時穿著一件像印度新娘的紅禮服迎接他，見怪不怪的李風讚美她很漂亮，心想她今晚又要角色扮演哪一齣？

李風進到公寓走到客廳後，他發現電子鋼琴上面擺了一本琴譜，琴譜旁邊放著一朵玫瑰花。

「蜜拉，妳今天想學琴？」

「不，那是你的教材。你看！我跟服裝店出租來這套服裝，為了搭配你的教材。」

滿頭霧水的李風上前去拿那本琴譜，封面是一對印度男女做愛的繪圖，原來不是琴譜，只是像琴譜的大小而已。他翻開裡面滿滿是古代印度男女雙人或多人的性愛畫面繪圖，他困惑地轉頭看蜜拉，

「Kama Sutra，你的新教材。」

「這……這是？」

「你竟然不知道這本聖經！二十五世紀之前的印度愛經啊！」

「我……我真的不知道。」

「看你一臉靦腆，我相信你不知道。但是，李風你都幾歲了？我們認識的時候你也不是處男了，你竟然不知道這本書，你的成長歷程也太狹隘貧乏了。我本來計畫今晚要跟你體驗這本愛經裡的經典體位，我都幫你租好印度禮服放在我床上了呢！」

好在李風沒有笨到不知道下一步該怎麼做，他立刻上前抱住蜜拉吻她的頸部，然後在她耳邊說：「我想穿妳放在床上的衣服。」

「快去！」蜜拉拍打他的屁股。

李風走進蜜拉臥室後看到床邊茶几上放的兩盞蠟燭，熱愛沉浸式體驗的蜜拉很會搞氣氛，他換穿好印度禮服後往臥室旁的衣物間鏡子看，瞧見一個蠻滑稽的李風，這輩子第一次穿印度禮服的他。

這時蜜拉走進來，他一時不知從哪裡開始，搞得蜜拉哭笑不得：「你看起來很蠢，但也很可愛。」

她叫李風先用之前的方式跟她做愛，「做完之後，你看一下那本愛經，我今晚還是想享受不同的體位，我可愛的李風。」

雖然李風心理開始有點壓力，但他依然盡力取悅蜜拉讓她愉悅。

第一回合結束後，李風穿上睡袍走到客廳去拿那本愛經再回到臥室躺在蜜拉旁邊。

「蜜拉，這是我人生第一次知道這本書……不……這本愛經。」

「你今天帶回家好好研究裡面所有做愛的體位，但是，我必須說性愛姿勢指導和說明的部分只佔百分之二十左右的篇幅，其餘，應該說這本愛經最重要的是關於愛和生活哲學，很多人都誤解它。」

「妳是什麼時候、怎麼知道這本書的？我可以問嗎？」

「我很晚才遇見這本愛經，二十八歲，但我發現需要變老才能更懂。」

「在我出國來到紐約之前，身在台灣的我對印度所知非常有限，沒有認識任何印度朋友。」

「李風，這跟我們有沒有印度朋友無關，這跟我們這一生所受的性教育和愛的教育有關。」

「被你這樣一說，我在這方面簡直貧乏。」

「永遠不嫌晚，你要當個有質感的 Gigolo，請好好讀這本愛經，這是 The

business of pleasure 必備祕笈。下次你要開始大膽跟我談論性愛感受，順便練習你的英文表達，你跟我做愛只是體力勞動，我要你跟我討論性，這才是智力交流，讓我們這段時間在芳香花園 Perfumed Garden 裡，這是古老神祕的人類智慧。世界末日之前，我們要好好享受做人的樂趣，這場疫情提醒了我。」

蜜拉還說如果他沒能讀懂愛經裡想傳達的幸福真諦和意義，那麼他就無法成為真正的鋼琴王子，真正的王子是要能收服天下所有女人的心啊！蜜拉說他有顆質樸善良的心，有具能讓女人滿足的肉體，但他還沒有完全具備收服女人的智慧和靈魂。李風被她一長串的謬論搞得昏頭轉向。

對他來說蜜拉真是個怪人，他生命中的一位怪人，怪得來啟蒙他的性教育和愛的教育。

蜜拉要他趕緊去買本中文版一起對照閱讀比較快，她說她沒太多時間等他完全讀懂，蜜拉建議他請台灣朋友幫他買中文譯本，然後航空寄過來，爭取時間。

他專心地聽她說話，專注地看著她的眼睛，很想從她的眼睛裡看到她腦袋裡的東西，一個比火星還要遙遠的宇宙。蜜拉明明用淺顯易懂的英文跟他說這些話，他明明聽懂百分之九十的字彙，但整體意義，應該說每個字彙拼湊出的那張圖。這張圖第一次出現在他的人生，而圖背後的意義他也沒有完全了解，他需要時間，他告訴蜜拉：「我需要時間。」

「李風，我沒有太多時間等你，應該說我們都沒有太多時間，你不要認為你比我年輕十八歲你就比我多出很多人生的時間，明天會發生什麼事情都沒有人知道，不是嗎？我們都以為我們這一生應該不會遇見第三次世界大戰，結果，一個他媽的看不見的東西就帶來了第三次世界大戰了！你怎麼還覺得人生還很長呢？」

蜜拉看著李風，她的臉上沒有一絲不悅，而是好奇和憐憫交雜的神情看著她眼前的這個男人，她伸手向前撫摸他赤裸的胸膛，玩捏著他的乳頭。

「不要再跟我說你需要時間，我每個星期五晚上付你四百元美金，我已經給了你一些時間。在紐約，時間就是金錢，金錢就是時間。你下次來的時候讓我體驗不同的體位和歡樂，進階版的陪伴，我付你進階版的費用五百元。我就是願意花錢在你身上，因為你那一點點純真就是值錢、就是身價，你懂嗎？我他媽的這兩年前賺了一大筆戰爭財，我要花掉，我就是要花掉，不要有半點情感地花掉。談愛情我累了，我沒有把握會再遇見真情。世事多變，我要將錢花掉，花在你身上，而你剛好也需要錢。李風，我們維繫好我們之間的客戶關係，只要我知道在這個全世界最寂寞的曼哈頓有你這個人在陪我就好，我想跟你聊什麼就聊什麼，就是這樣……就是這樣。」

李風伸出右手抓住她那雙在他身上來回撫摸的雙手，放在他的掌心，再用左手輕輕蓋上，他知道這也是蜜拉喜歡的一個小動作，雖然他從來沒有去探究為何這個小動作總能讓她平靜溫和下來，而不去探索原因和答案也是他們客戶關係的項目之一。

當晚李風回到布希維克後上網搜尋中文電子版本，他怎麼開口請在台灣的朋友幫他買這本書呢？他上網搜尋發現這本中文繁體字譯本沒有電子書可購買，只有紙本。他只好去找簡體字版本購買。

這時候蜜拉傳了簡訊來：「李風，今晚你另外的新功課，是搜尋中國這方面相關的經典書籍或資料，幾千年文化的世界裡一定有類似的愛經，一定有的，這是上帝創造人類的意義。」

李風從小到大從來沒有聽過這本印度愛經，他對性方面的知識來自初中健康教材，更多是來自男同學之間的私語。他成長於文教小康家庭，嚴肅嚴謹的父親從未跟他像男人們聊這些事，溫柔保守的母親在他剛上大學的時候只提過一次「如果交了女朋友，記得避孕，你這麼年輕不要被小孩束縛，而且你還要出國留學呢！」他也不可能跟唯一的妹妹討論關於性的事情。

父親和母親對他們兄妹倆投注最多的教育就是應付學校考試所需的知識，以及應對進退的基本社會禮儀，而此刻他竟然要從蜜拉這邊開始學習理解性、情感、性別平權和身體自主權，難道是他花費太多時間在琴房練琴？他的成長過程過於狹隘？疑惑和困惑如大浪一波又一波朝他腦海襲來。

豆芽菜蛋泡麵

那本印度愛經的功課還沒做完，蜜拉又提出一個要求：「這個星期五晚餐，你可以煮一道在乎我的菜嗎？你李風發明獨創，外面餐廳吃不到的，一道就好。」蜜拉的考題總是充滿創意和挑戰。

什麼是在乎她的一道菜？

什麼菜可以傳達在乎她？

這麼抽象的考題難倒了李風。

他趕緊上網搜尋關於美食和情感的影片和故事，認真地看了一個下午，還是覺得很心虛，找不到明確的參考方向，心裡悶悶地他想找個人說說話，剛好這時候Aaron回來了。

「Aaron，如果你有一個好朋友要你煮一道在乎他的菜，你會怎麼做？」

「這是生日禮物的要求嗎？」

「嗯……對……」

「你就煮平日你最常煮的菜啊！」

「但是……我平日最常煮的是泡麵，你又不是不知道。」

「你煮的泡麵我覺得很好吃啊！我在外面吃不到的口味，Victor！你忘了嗎？上次我生日的時候，你送我的生日禮物就是連續煮三天不同的泡麵給我吃啊！」

「泡麵……真的可以嗎？」

「這是男人？還是女人提出的？」

「女人……」

「你就穿著一條性感內褲在她的廚房裡煮碗泡麵給她吃，呈現平日最真實的你，並讓她看得賞心悅目，這算是在乎她了吧！哈哈哈！」

Aaron的建議聽在他耳裡覺得蠻刺耳的，但聽進心裡後再同意不過了，這就是李風想要的答案。

為她煮道菜是製造她美麗心情的過程。

李風下午去中國城左選右選挑到了他心中完美的豆芽菜，這毫不起眼的豆芽菜，他花了兩個小時的寶貴時間挑選。這在紐約客看來簡直憨直和不解，Time is money，兩小時買一包美金一點五的豆芽菜。

然而蜜拉終究體會了這個心意！李風找不到適合的英文字彙來形容這個心意，他直率真實地陳述自己從布希維克搭M號地鐵走到中國城生活圈，在不同的攤位與商家裡面，他看了又看，選到了這包他覺得長相新鮮又飽滿的豆芽菜。

他先將洋蔥切片，放進滾燙的水裡，再放一些烘乾肉片。他買兩包不同的泡麵，加上一包米粉，各用三分之一放進湯裡。加豆腐，最後加豆芽菜，加蛋。湯麵放到碗裡後，抓些芝麻葉撒在上面，再滴幾滴麻油，最後撒上蔥花。

蜜拉說：「你在我的陰道和腸道，留下了精彩的味道和回憶，李風。」

「但是……蜜拉，我們今晚還沒做愛……」

「你陪我就好」

「妳是不是戀愛了？」

「是。」

「……我……我……其實前幾次開始感覺到了。……我……我還有點高興……我……我不知道妳……」

李風支支吾吾地，蜜拉靜靜地看著他，等著他說出下一句話。但他似乎陷在沉默中，不發一語杵在那裡，右手緊握著湯匙，左手拉著內褲的鬆緊帶，模樣很是滑稽；但是那臉上毫無任何矯飾的真摯和誠懇，深深地感動她。

她依然耐心地在等待他說出下一句話，他們兩人從來沒有沉默過這麼久，但是兩人似乎都樂於沉浸在這個沉默時刻中。總愛說話、總愛支配他們之間如何溝通的蜜拉，卻閉著雙唇，一雙眼睛閃著詭異的溫柔盯著他看，很明顯地此刻她將發言權讓給了李風。

時間像一陣舒服的微風在他們兩人之間吹過來又吹過去，沉默從來沒有這麼美好。

李風遲疑地張開雙唇，他終究比蜜拉多愁善感，他終究願意輸給蜜拉，接手她給的難得的發言權。

「妳一定很喜歡他，喔！不，妳一定很愛他，他……他也一定很愛妳，對妳很好。」

「是。」

「那……妳為什麼還要叫我來？」

「因為我需要時間跟你說再見，我想要慢慢習慣沒有你。」

時間與支配的權力果然還是在蜜拉手上，但李風並沒有不高興，內心反而很激動。

「妳需要時間……好好跟我說再見？」

「是。」

「能夠好好說再見可遇不可求，人與人之間可以好好說再見，是一件幸運與幸福的事。」

「好好說再見……」李風似乎想起了什麼，

「你有心愛的女人嗎？」

李風沉默，沒有回答蜜拉。

「嗯……你有……她在哪裡？她也愛你嗎？」

「我不知道……」

「你跟我做愛的時候你會想到她嗎？」

蜜拉還沒說完最後一個字，李風就崩潰，並且放聲大哭，他放下湯匙上前抱著蜜拉大哭，一邊哭一邊大聲地說著：「謝謝妳……謝謝妳……謝謝妳。」他終於知道微不足道的李風在紐約一點都不孤單，他是幸運的，他是幸福的。在這個最寂寞的城市裡，仍然有兩個人想要好好跟他說再見，有兩個人在乎他；他終於感受到被在乎的重量有多重，重到讓他的飄來飄去的靈魂在紐約落了地。

鋼琴教授和蜜拉，他生命中想好好跟他們說再見的兩個人，讓他看見了生命封鎖後的光芒。

幸運和幸福的時刻就這樣降臨，李風毫無準備，他毫無顧忌地抱著蜜拉狂哭著。

「李風，我腳痠了。」

「喔……」

李風恢復了清醒，蜜拉扶著他走到客廳沙發坐下，抽了幾張放在茶几上的面紙給他。

「你卸貨了？」

「啊？」

「將心裡的東西卸貨了？」

「嗯。」

「我覺得餓了，我還沒吃飽，你要不要再去煮湯麵？一起吃？我看你帶了好幾人份的材料來。」

「好。」

李風認真地在廚房煮兩道不同口味的湯麵，他為一個在乎他的女人煮。這個女人之於他的生命，客戶也好，情人也好，女人也好，這些名詞都不重要了。重要的是她在乎他，他也在乎她。

原來，男人與女人之間可以這麼簡單，原來在乎是這麼深具意義和價值，原來在乎可以讓人有了或下去的勇氣，原來在乎一個人的一道菜是如此不凡。

他開心地煮著兩道不同口味的湯麵，用最簡單的材料，最便宜但無價的材料。李風第一次明白廚房可以是愛的製造空間，這個愛，並非僅是男女肉體之愛，而是彼此的關愛。他終於明白之前母親曾說過胃是情感的空間，他明白了，這麼晚才明白！如果他早一點明白，他會在母親生前抱著她說：「我愛妳，謝謝妳。」這麼簡單的字彙，當年他還在台南家中的時候，怎麼說不出口？愛，這麼難說出口嗎？尤其對家人，真正需要說出來的，卻不知怎麼表達。

「黛比想要你，她一直想要你，她會付給你比我更多的費用，對你更好。我的李風，我終究要將你分享出去了。」

「誰是黛比？」

蜜拉深情溫柔地看著她的 Covid Gigolo。

她需要時間慢慢、好好地跟李風說再見，其實是她需要時間將李風介紹給新客戶，舞男的價值和身價是需要運作的。

若不是蜜拉意外地、毫無期待地遇見艾倫，一個讓她認真思考並鼓起新勇氣展開新關係的男人，而這個男人比她更認真地對待這段新關係。艾倫的成熟和真誠讓蜜拉走上了人生另一條新的道路，蜜拉花了一段時間才相信自己很幸運，並且值得擁有這段屬於平凡男人與女人的關係。就在蜜拉相信自己和這段關係的當下，她發現自己沒辦法跟李風做愛了。

若不是艾倫出現後在她的生活中卡好、卡穩了一個位置，她壓根兒就沒想過要將李風分享給另一個女人黛比，即使黛比早就跟她商量一起分享李風。蜜拉猶豫地拖延著，黛比始終很有耐心在旁等待，艾倫的出現終於讓黛比有了希望。

「誰是黛比？」李風再問。

「如果我是你冬天的陽光，她會是你春天的花園，李風……」

蜜拉自己的春天來了，即使她一個人走在路上、待在家裡，她都不再感到寂寞孤單，在紐約這個寂寞會吃人的城市裡，有一個艾倫在乎她，這是她的春天，百花齊放百鳥鳴叫的春天。

大多數的女人總要自己置身於美好情境中，才有能力發散真誠的同理心，才能真心情願地給予其他女人、寂寞的閨蜜，善意的關心和有用的照顧。

「下次再跟你說，現在你先好好地煮你的湯麵讓我們兩個人享用，我真的餓了。」

「下次？下個星期五晚上？我還需要來嗎？」

「是，你下星期四晚上來！來教我怎麼包水餃，務必教會我，台灣的口味就可以了。你曾提過你會包水餃，跟你母親學的，你記得吧？」

「妳要學包水餃？為什麼？」

「我的他，年輕時曾去過台北和北京旅遊，不曉得是哪位迷人的女人請他吃水餃，讓他到現在每次提起水餃臉上就浮現幸福的笑容。我們前幾天才剛去中國城一家餐館吃水餃，很愉快的午餐。當下我就想要學包水餃給他吃，很浪漫吧？天啊！真不敢相信我變得這麼浪漫！」

「好的，星期四我會帶所有材料過來教妳包水餃。但是……蜜拉，我覺得我應該不會再拿妳的錢，如果我……我只是來教妳包水餃的話……」

「不，我付錢買你的時間，你陪伴我的時間，我付錢請你讓我開心，你要維持住你的服務價值和身價，你要習慣維持住，你要習慣穿上自信和自戀的戰袍。舞男並不全然只有陪伴女人上床，廚房和臥室都是情感交流的空間。或許你可以對我例外，但是，對其他女人不行。只要你出場，就是付費的開始，不能有半點優惠，越高越好，那些女人會更珍惜你的價值。」

李風聽完啞口無言，他挺起胸膛走進廚房，專心烹煮那道在乎她的菜，也為他自己。

8

■ 愛藝術俱樂部 Love Art Club

這個星期四下午，整個曼哈頓瀰漫在春暖花開的氣氛裡。李風在蜜拉的廚房教她調配各種搭配水餃的醬汁，蜜拉說弄完醬汁之後要去中央公園散散步，像兩個沒有性關係的好朋友一樣。她說李風不用挽著她的手，他們各走各的步伐，好好享受曼哈頓的春天，萬物新生的氣場；蜜拉說這樣的氣場是此刻他們兩個人應當好好享受與值得擁有的。

蜜拉說得興高采烈，李風卻聽出另外的意思，春天氣場背後的訊息。

「這是我們最後一次在一起嗎？」

「我不確定，可能……」

「我不知道……我覺得……剛好……我應該不繼續做這份工作了，妳懂我的意思對吧？」

「你找到收入更高的工作了？」

「沒有，還沒有。妳所謂收入更高是什麼意思？」

「比 Gigolo 工時短、收入高、自由度高的工作。」

「沒有。」

「不是每個男人想當 Gigolo 就能當，你才進入到第二季，而且你已經在進階版了。早已有個新客戶、大客戶在等著你了，有什麼好理由再說服你不要繼續？說來聽聽！」

「沒有。」

「你心裡……還有障礙？還是？」

「還是有的，我不想騙妳。蜜拉，但是我跟妳在一起……喔！不！我陪伴妳的時候，那個障礙很微弱，那是因為……因為是妳。我不知道，其他女人……我不知道。」

「我上次說過了，我幫你挑選過了，會是正常的、很好的女客戶。」

「黛比是誰？妳的朋友？」

「我們去公園吧！一面走、一面聊，放輕鬆！」

李風將不同的醬汁小心地裝進不同的小玻璃罐，在貼紙上寫上每種醬汁的內容，再細心地貼在罐子上。這心細如絲的體貼看在蜜拉眼裡、心裡，竟有種憐愛和不捨的感覺。

這天氣溫攝氏二十二度，對紐約人來說真是完美的溫度，天空有些雲，陽光有時躲在雲後，有時大方灑落下來，路上遊客沒有像疫情前那樣人山人海，有些歐洲遊客與美國其他地方來的遊客，雖然不是封鎖期的空巷，也沒有完全回到疫情前的蓬勃朝氣。

有些人說紐約回不去了，有人說紐約有一天一定會恢復榮景。蜜拉說她懷念疫情前的紐約，但她更珍惜此刻的紐約；因為除非世界末日，否則紐約不會消失。但是她總有一天會消失，她的人生是單程列車，回不去疫情前的那節車廂。她現在跟李風在此刻這個車廂，所以，她珍惜此刻的紐約。

李風很想輕鬆地和蜜拉這樣散步在中央公園裡，但他內心的困惑始終像頭頂上那朵小灰雲，揮之不去。

蜜拉當然看得出來。

他們慢慢地走到位於公園中心的貝塞斯達露臺，有一位年輕男孩在拉大提琴，藍天與片片灰雲構成一個大自然布景。行人和遊客不多，沒有人站在這位大提琴手旁邊，整個場景簡直就像是為蜜拉和李風舉辦的專屬戶外音樂會。

「他是你的茱莉亞音樂學院校友。」

「咦？妳怎麼知道？」

「他不就是走在林肯中心廣場上眾多大提琴手之一嗎？」

「喔……我懂妳的意思。」

大提琴手拉完一手曲子後，放下琴弓對著他倆微笑，蜜拉從包包裡拿出二十元美鈔上前放進他身後的琴盒裡面。「謝謝妳！妳對我真大方！謝謝妳！」大提琴手開心地說。

蜜拉走回李風身邊靠近他耳邊低聲說：「我剛給他二十元，是他今天最大的一筆收入。」

李風沒有回答她，他知道這句話背後另一個意思。

蜜拉問他要不要走到下面在噴泉旁邊的椅子上坐坐，他點頭說好。

「李風，對不起，上次我們聽完歌劇《蝴蝶夫人》在回家的路上……我對你說了謊。」

「什麼？」

「你看過黛比，她就坐在你左邊第三個位子。」

「那個女人是黛比？」

「是。」

「我不明白，妳……。」

「我不想讓你不自在，所以我欺騙了你，跟你說我不認識那個女人。應該說那天我跟黛比，還有Aviana，坐在她左手的那一位，我們是朋友，也可以說是合作夥伴。她們想見見你，但是當時我真的不想讓你不自在，所以我們講好裝作是不認識的陌生人。」

「她們想見我？什麼意思？」

「黛比見過你之後……她想要你，她很想要你，是我一直拖延……」

「蜜拉……」

「黛比經營一個俱樂部，她眾多事業中一個小生意，非常獨家與神祕。我加入她的俱樂部成為會員後才跟她熟識，以前我只在一些頂級奢華的藝文活動裡看過她，但我從來沒有機會在那些場合跟她說過話。直到去年夏天，紐約剛熬過疫情封鎖期，我們開始施打疫苗，可以戴著口罩出來逛大街之後。當時我坐在這裡，就坐在這椅子上，黛比剛好坐在我旁邊，她主動跟我打招呼說好像見過我，於是我們開始聊天。那天她心情不好，我也不好，兩個心情不好的紐約女人坐在這裡聊了一個下午。」

「妳那時為何心情不好？」

「Mark……我發現我前男友出軌，在我們訂婚之後的兩個月，他外面有兩個女人，真是諷刺！因為疫情爆發我倆決定訂婚，決定要在世界末日前一起過未知的人生。他要我搬去他威廉斯堡的公寓，兩人相守一起度過疫情，度過餘生，但我們住在一起之後，他竟然出軌。」

「我對妳感到難過……」

「長話短說，黛比對我有莫名的信任感，所以她讓我加入她的俱樂部，可以讓我花錢買男人陪伴我。我試過好幾個男人，後來我巧遇你，我希望陪我的男人是你。」

「黛比的俱樂部是？」

「愛藝術俱樂部，Love Art Club，這是 The Business of Pleasure。」

「妳是說她經營一家舞男俱樂部？」

「是。而且，後來我也是小股東，幫她面試新會員，每個會員都需要內線介紹與面試才能加入。我是例外，去年夏天剛好坐在這張椅子上巧遇她，其實那次也可以算是她面試了我。有份體面高收入的工作，大學畢業以上的學歷，願意簽署祕密條款的女人，我就直說吧！寂寞孤單的女人、成功的離婚女人、不幸福的已婚女人、渴望體驗不同男女關係的家庭主婦、對性愛失去信心的女人、沒有過親密關係的女人……，這些是我們俱樂部的會員。」

「你從會員變成小股東？為什麼？」

「關鍵在黛比非常信任我，奇妙的信任感。當小股東並非只為多賺錢，你也知道這兩年我賺了很多錢，但參與其中讓發現人性的多樣化，非常有意思。原來世界上最偉大的人性聖經就在我們自己身上。業餘時間能夠幫到跟我自己一樣的女人，我還真他媽的愛上這個業餘工作。只是，前陣子我有點不捨得將你分享出去成為俱樂部的……Gigolo。」

「那些……那些服務妳們的 Gigolo？他們怎麼找來的？」

「黛比在紐約有錢，有雄厚的人脈，疫情爆發前，她可是紐約上流社會、藝術文化界、時尚圈 Gala Dinner 的頂級 VIP，她要找到人輕而易舉。但是她很挑，她不要 ShowTime 電視台實境秀《Gigolos》裡的男人。李風，她要你。」

「我……我不確定……」

「你為何不試試？這些日子我大概可以理解部分你心裡的那個障礙。李風，我不想一直說服你，我是覺得你可以好好多存一些錢，然後運用這些錢去開創以後你想做的事業。你比我更清楚，你剛好選了一個畢業後沒有其他工作能力的科系，你不幸遇到疫情爆發，整個社會根本不需要你，因為你沒有拯救社會的實際能力。對不起，我說話太過分。我知道你是一個可以過苦日子的人，你是個願意辛苦打工過日子的人；因為你還有理想。雖然我看不清你的理想是什麼。但就是因為你這份特質，才讓你跟其他 Gigolo 不同。」

「這個心理障礙時大時小……」

「你是要跟我討論 Morality 道德這個字嗎？」

「不，我們之前就說好不談這個字了。」

「嗯，聽起來你可以控制障礙的大小，不錯！李風，我現在跟艾倫很好，但沒有人可以保證未來；萬一有一天我又需要你的話，你要算我原價喔！」

「天啊！妳在說什麼啊？」

「黛比說如果你同意的話，她要調整你的身價，如果你同意的話……你看，我們沒有人會勉強你，而我……算是培訓過你，沒錯吧？所以，萬一，這個世界總是有很多萬一，萬一我又需要你的話，你要算我原價。還有，只有我可以知道和叫你的中文名字，其他人不可以。」

「那我要叫什麼？用我原來的英文名字 Victor 嗎？」

「不，你在愛藝術俱樂部的名字是 Olive，將你原先在那個交友網站的名字

Oliver 變成 Olive。你知道這是《聖經》中經常提到的植物嗎？在《創世記》中當洪水消退後挪亞放出一隻鴿子，牠嘴裡叼著橄欖葉子飛回方舟（創八11）。而所有的生物都淹沒在洪水中，只有橄欖樹活了下來，展現了它強韌的生命力……」

「用聖經中經常提到的名詞，這樣好嗎？」

「我覺得很好，這段時間你帶給我一些美好，我也希望你一直有強韌的生命力，因為我們活在這個世界是不容易的……」

「妳……蜜拉，妳改變了我……很多，我不知道說謝謝會不會很怪？」

「你也改變了我……一些。」

「我覺得我不會再遇到像妳這樣好的女人……美國女人。」

「No cliché！不要講這種陳腔濫調的話，我們走吧！晚點我還有事。」

李風起身的時候摸摸衣服口袋裡的錢包，他記得今天出門的時候有帶一些現金，本來是想回布希維克之前到中國城路邊買些水果青菜用的，他抽出一張鈔票放在手掌裡。

他們沿著原來的階梯走回去，那位大提琴手正拉得起勁，因為圍觀的人變多了。

李風聽他正在拉著英國作曲家艾爾加（Edward Elgar）的《Salut d'Amour》（愛

的禮讚），李風跟著旋律不由自主地哼了起來。走上了露臺，他停頓了一下低頭看自己手掌心的那張美鈔，抿著嘴小心地穿過圍觀的人群，雙眼直視著大提琴手然後將手上那張一百元美鈔放進了琴盒。大提琴手眼角先瞄向那張百元美金，他驚訝地看著李風，同時放下琴弓後立刻伸手將那張鈔票趕緊放進口袋裡。當他抬頭想跟李風說謝謝時，李風已經快速走開了。那張年輕俊俏的臉龐寫滿驚喜與開心，拿起琴弓繼續拉琴。

蜜拉也看見了那張百元美鈔，她知道李風的決定了。

李風拉起蜜拉的手正準備離開露臺時，有人在他們的身後用中文喊著：「李風！」李風一心只想快點離開根本沒聽見，但蜜拉聽得懂他的中文名字，她拉了拉他的手停下來說：「李風，好像有人叫你！」他們轉頭往後面看，看見郁文愣在那裡。

她一臉詫異地盯著李風拉著蜜拉的手：「李風……」

蜜拉笑著對李風說：「真的是在叫你！」

李風突然像被人掐著脖子般說不出話來，全身也僵硬得動彈不了。蜜拉看到他和郁文對視的神情，推了推他說：「你的朋友吧？」

「李風？你不記得我是誰了嗎？」郁文聲音顫抖地問，

「不……郁文……妳好嗎？」

「你的女朋友？」

李風沒有回答她，惶恐地呆呆站著，他的手還牽著蜜拉。蜜拉發現他們兩個人表情不太對勁，問：「需要我迴避一下，讓你們私下可以聊聊？我可以到下面噴泉那邊等你……」

「不用，蜜拉……」李風低聲說。

「再見！李風！」郁文眼眶泛淚說，她旁邊的女性朋友也發現他們兩人驚恐的神情，拍了拍郁文的肩膀並拉著郁文的手腕示意她離開。而李風和蜜拉都看見了郁文那雙夾雜悲傷和憤怒的眼神。

蜜拉湊近李風的耳朵說：「她們離開了……我想……我們也應該離開這裡。」

「人海茫茫的紐約……怎麼就遇見了她？」李風內心翻騰不已，他拉著蜜拉往郁文離去的反方向走，一路上沉默不語。蜜拉什麼也沒問，安安靜靜地牽著他的手，偶爾拉起他的手輕吻一下。

「這就是紐約……」蜜拉心裡嘀咕著，他們就這樣繼續漫步在春暖花開的中央公園。

黛比

Debbie

氣象預報這一天紐約是陰天，乾燥的陰天，天空全是灰濛濛的雲，沒有陽光的一天。

「你跟黛比在一起的時候，忠實並自信地做你自己。」蜜拉再三提醒他要有自信。

李風搭坐綠色線地鐵從86街走出來，以前這個行程都是去紐約大都會博物館的路線，看完了大都會博物館，若還有體力和時間，就再往北走一些去看古根漢美術館——這是所有剛到紐約的人必去朝聖的藝術殿堂。若對奧地利、德國的藝術及設計有興趣或研究的人，也會親訪位於這兩座殿堂中間的Neue Galerie New York，這棟優美優雅的建築和其中珍貴的收藏品是雅詩蘭黛家族的。雅詩蘭黛，李風母親生前喜愛的品牌。

黛比住在這第五大道上，就在這兩座藝術殿堂中間其中一棟房子的penthouse頂樓，用豪宅兩個字來形容這一區的房子太俗氣，也不是「非富即貴」這四個字就

「喔……明白。」

「我早上看了台灣的地圖，找到台南在哪裡，我過世的先生去過台北和新竹。」

「他去過新竹？」

「因為他有投資半導體事業，他說新竹是半導體的主要城市。」

「我母親是新竹人，但她過世了。我的中文名字跟新竹有關。」

「是嗎？有意思，說來聽聽……」

「新竹多風，尤其秋天。我母親說新竹人常說有風就有故事，她覺得我是個有故事的人，所以給我取名風。」

「啊……真是個好名字，我喜歡。」

李風禮貌地跟她說聲謝謝後，不由自主地看了看這個大客廳，對他來說這是電影場景。

「你對我住的地方很好奇？」她以非常溫和的中低嗓音問，她的聲音讓李風沒有壓力。

「是，妳家太漂亮了。」

「我春天之後才來住這裡，直到秋天。」

「妳這麼年輕就這麼有錢……」李風一說完就直覺自己說錯話了。

「哦？你這句話有兩個問題。」

「對不起，我沒有禮貌……」

「不，我有興趣知道。我年輕？跟誰比？有錢？」

「至少跟那天晚上在歌劇院相比，那天晚上妳看起來像校長，但現在……白天的妳，像一位姊姊。而姊姊……很少這麼有錢的……」李風突然有種豁出去的感覺，乾脆想說什麼就說什麼。

「嗯……有意思。」

黛比笑著點點頭，沒有進一步動作和指示，她不像蜜拉會挑逗他，用語言和身體。

但是黛比從他進屋至今，待他如同和一個老朋友般自然聊天，她穿戴優雅的白色襯衫和黑長褲坐在沙發另一頭，反而讓李風內心開始有點慌，難道今天下午他們兩個人就這樣坐在客廳一直聊天下去嗎？蜜拉不是說黛比很想要他？而且昨天黛比已經匯了八百美金給他，難道她要求的陪伴就是這樣坐著喝茶聊天嗎？還是她需要李風主動挑逗她、誘惑她？他心裡開始著墨……。

「Olive，你吃過午餐了嗎？餓嗎？」

「還沒，被妳一問，我感覺餓了。」

「廚房在客廳對面，你打開門就看到，冰箱和桌上有很多食材，你自己去弄點東西吃OK？今天下午我請她們都不用在這服侍我，所以整個屋內就我們兩個人。」

「好，我去煮點吃的，也煮妳的份，我煮什麼，妳就吃什麼，OK？」

李風終於感覺有事情要做了，而他喜歡在廚房，因為廚房是他的主場，這是他在蜜拉那裡獲得新自信的主場。

從客廳經過玄關才走到廚房門口，推開門看見古典華麗的大廚房，李風心想真是不虛此行。黛比究竟是有著什麼樣的家族背景，讓她擁有這樣的生活，李風終於相信電影裡的人生是真的，而自己此刻竟然也置身其中。

他花了點時間研究廚房桌上、冰箱和玻璃櫃裡的材料和物品，黛比的廚房內可說是料理聯合國，亞洲食材沒一樣少的。既然是午餐，李風決定煮道輕便的蝦餛飩湯麵，處理起來時間比較快，下午吃起來對胃來說也不會有太大的負擔。

他依照自己烹煮的習慣，洋蔥切片放進滾燙的熱水當湯底，最後再放菠菜、豆芽菜和蛋花，很快地香噴噴的蝦餛飩湯麵就煮好了。他蠻享受一個人待在廚房烹煮食物，黛比也沒走過來找他，不像蜜拉總愛在廚房跟他說話或問東問西，這整個大廚房都是他的天地，他又覺得真是不虛此行。

他找到兩個天藍色花紋的漂亮瓷碗準備盛湯麵，再用桌上已有的一個大銀盤裝著端出去到客廳給黛比。

正當他在舀湯的時候，廚房門開了，黛比穿著細肩帶白色蕾絲拖到地的睡衣站在那裡，可以清晰看到睡衣裡的裸體，她一臉溫和地看著他。

「妳……妳很美，妳要試喝一口湯嗎？」李風看著她的雙眼說，

黛比點頭說好，緩緩走上前，示意讓李風餵她。

李風勺了一湯匙，先吹散其熱氣，再餵黛比，她雙眼一直直視著他，她喝完一口後說真美味。

李風問她要不要端到客廳或餐廳吃，黛比輕輕搖了頭說不要。

「就在這裡就好，我要你，在這裡。」

李風聽懂她說的，放下湯匙，握著她的手，輕吻她的臉頰，慢慢地吻到她的雙唇。

黛比突然大力扯掉李風的襯衫，用力脫光李風身上所有的衣服，接著用雙手將廚房桌上所有東西丟掉地下，聲音大到李風有點不知所措。桌面清空後，黛比抓住

李風躺在桌上大喊：「我要你，在這裡。」

跟隨著突然抓狂的黛比，李風也莫名瘋狂地跟她在這張桌上做愛。他也變成一個失控的動物，和一頭失控的女獅子在這個電影場景裡，野性四濺。

過了一陣子，第五大道頂樓的廚房，終於安靜下來。

躺在桌上的李風眼睛呆滯看著天花板上面的雕花，他似乎慢慢看出來那好像是水仙花，然後又慢慢想起上個月跟蜜拉在中央公園裡，在水邊看到很多水仙花。「沒錯……是水仙花……」他喃喃自語，這時身旁的黛比將他的右手放在她頭下方，再將他的左手放進她的頭髮裡。

「我只是想要有人擁抱我，撫摸我的頭髮。」黛比輕聲說，李風用右手抱著她，左手撫摸著她的頭髮，這時廚房安靜無聲，他整個人也終於安穩下來。他仍然看著天花板上的雕花，那是水仙花，他記得中央公園水邊那一朵朵黃色的水仙花，如此嬌柔，像個女人，像蜜拉。

「黛比……妳……究竟是個什麼樣的女人啊？還是我是個太簡單的男人？」他心裡想著，左手仍然撫摸著黛比的頭髮。

躺了一會，黛比安靜地起身離開廚房，李風也從桌上下來，看到四周地面杯盤狼藉，在破碎的碗盤中他看見自己身上那一件蜜拉買的墨綠色絲質襯衫，已被黛比撕破；好在他的內褲和長褲還完好如初，他穿上後走出廚房回到客廳，全裸的黛比手拿著一件襯衫說：「我幫你穿上。」

「謝謝。」李風坐到她身旁，雙眼看著這件襯衫迴避她的目光說。

黛比溫柔地幫他穿好襯衫後問：「廚房裡……你煮的湯麵涼了，要去熱一下嗎？吃完再走？」

李風點點頭走回廚房，雙腳小心避開地面破碎杯盤，他將湯麵重新煮熱後，從櫃子裡拿出一個碗裝好，自己站在原地安靜吃著。他不想再裝一碗端出去給黛比，因為他不確定她下一秒會變成什麼樣的人，湯麵是熱的，也會是危險的。

吃完一碗麵後，他將自己那件墨綠色絲質襯衫小心地撿起來，謹慎地檢查襯衫上面是否有碎玻璃或其他異物，然後他在廚房裡找了一個小紙袋將它放進。

他提著這個小紙袋走到客廳，在黛比身邊坐下，一絲不掛的黛比在他腿上躺下，抓著他的手來撫摸她的頭髮。李風雖然很想離開，但又覺得她看起來很脆弱。

「妳希望我在這裡陪妳嗎？」

「是。」

「好，我在這裡陪著妳。」

黛比安靜下來讓他感到輕鬆，她一直沒說話，李風也就不說話。李風望著窗外，天空竟然變晴朗了，真是不可思議。

過了半小時，黛比說她要開始準備晚上的活動，她站起來時，李風拉著她的手問：「我有陪伴到妳嗎？我希望溫柔地對妳，其他的方式……妳真的喜歡那樣嗎？」

黛比沒有答話想走開，李風又拉著她的手問：「如果我不是妳想要的，請妳就不要找我了。黛比，對我而言，我就是認為男人就是要對女人溫柔，對女人好。今天在廚房……妳強抓著我的手要我打妳，我沒辦法；就算做了那也是假的、被強迫的。我是個簡單的人，我只會簡單地對女人溫柔，其他的方式……我真的沒辦法。妳是個好女人，我為什麼不能簡單地對妳好？」

李風用溫柔且堅定的眼神看著黛比說，這是簡單的李風，做自己的李風。

黛比輕輕放下他的手，慢慢走去她的臥房。李風起身提著小紙袋，他看了幾眼這個典雅堂皇的大客廳心裡說著：「再見了。」而此時黛比穿上睡袍手裡拿著信封走過來，她的雙眼泛著淚光。

「我一直渴望溫柔，渴望那個曾經對我最溫柔的男人活著回來，但我生病了，我的腦子生病了。」

她把信封交給李風，李風拆開看裡面是幾張百元鈔票。「妳昨天已經匯款給我了。」他將錢還給黛比，隨後吻了她額頭溫柔說聲再見，自己打開大門離開。

走出這棟豪宅大樓後，李風穿過馬路走到大都會博物館大門前的階梯坐下。天空灰雲幾乎已經散去，出現灰橘柔和的傍晚天色。他坐在一大群人中間成為紐約的一道風景，輕鬆愜意的一個人物群畫像，呈現出人類美好生活的瞬間。

李風坐在這裡享受片刻寧靜和悠閒，他欣賞著正前方來來往往的眾人，當然也被路過的眾人觀看著。他心想：「原來烏雲散去後是這樣的感覺」。此刻他終於放鬆下來，他覺得自己終於學會了用最快的時間排除與放下心中障礙。下午在黛比廚房那段障礙，他不喜歡那樣的方式，他也勇敢真誠地告訴她了。

今天是星期五，大都會博物館開到晚上九點鐘，所以現在還是人潮洶湧，這樣正好。李風覺得將渺小的自己湮沒在人潮中很輕鬆，他現在並不餓，因為剛才已經吃飽了，他想他可以在這裡待久一點。

博物館階梯正前方走動的人群大多數是旅客，住在附近的居民多半走在第五大道馬路另一端的街道上，李風遠遠看見一個身材高挑短髮的亞洲女人，臉上的深情和走路的模樣跟曉鈴極為神似。那個女人走著走著自然地轉頭看了博物館一眼後繼續看著前方前行，她慢慢地遠離李風的視線。李風心裡頭對曉鈴的那根微妙的思念線也慢慢地拉長開來，「不曉得妳現在好不好？我怎麼又莫名其妙地想起妳呢？」

李風坐在這階梯上不知不覺已經過了大約兩小時，他沒有注意到有一位穿著黑色休閒上衣與牛仔褲並戴著太陽眼鏡的女人，靜悄悄地在他身旁坐了下來。每個坐在這裡的人都習慣旁邊有陌生人，大家各自不發一語，眾人一起欣賞眼前來來往往各式各樣的人和馬路上川流不息的車子，就好像坐在戶外劇場的觀眾席上欣賞著紐約第五大道的人間戲碼，然後慢慢地讓時間從人間時間表上走過，慢慢地等著頭頂上的天色由灰橘變灰黑。大自然的燈光變化自然地告知人間，觀眾今天白天這場戲即將要落幕了。

天色黑了，階梯觀眾席上人群開始變得稀稀疏疏，外國旅客紛紛起身前往下一站繼續探索曼哈頓；住在紐約的人準備動身趕赴晚餐約會或回家繼續夜晚的生活，只剩下零星少數人依然無所事事地坐著，似乎還不確定自己的下一個行程在哪裡，或是繼續坐在這裡看披上黑紗的第五大道。李風和坐在他身旁那位女士是其中兩位。

夜晚的黑幕完全落下了，李風換個坐姿，看見了身旁這個女人。

有那麼一瞬間他突然希望這個女人是曉鈴，但他回神過來知道她不是……。

「妳餓了嗎？妳後來有吃東西嗎？我是指我煮的湯麵？」

「我什麼都沒吃，我餓了。」

「妳要我陪妳去吃點東西嗎？」

「好。你陪我走到Pierre Hotel的酒吧，我喝點酒和吃點小菜。」

「嗯……好，聽說那裡有一個很漂亮的圓型大廳。」

「Olive，我喜歡你的溫柔。」

「我很簡單，我只會這樣，我希望妳的病……妳會好起來。」

李風撫摸著她的頭髮，拉她起身，兩個人沒有牽手，手臂自然相靠、身體並行走著，從第五大道的82街散步到61街的皮埃爾泰姬陵酒店。

「那裡漂亮的圓型大廳你會很喜歡……，小時候我父親經常帶我去那裡。你知道嗎？歷史上最大、最成功的酒店搶劫案也發生在那裡。」

「什麼？這麼傳奇的酒店！」

「是，那裡充滿故事，跟你的名字一樣。」

李風微微抬頭望著天空心裡在想：「在天堂的母親現在是否很得意取了這個名字？還是憂慮困惑地看著她兒子此刻所經歷的一切？」

有風就有故事，曼哈頓的春天，風起、光來、花開。

9

■《疫情風光》音樂節

感謝李齊愛樂 Chi Harmonic 授權照片

標案

春夏之際的布希維克，終於迎來了宜人氣候的愜意和新鮮舒服的活力。

除了主要商業交通大道，很多街角你會看見居民搬張桌子、放個手提音響，一夥人在一起不是下棋，就是圍坐在一起聊天吃東西，或是開心的跳著舞。社區球場上滿滿的年輕孩子在踢足球、打籃球，小小公園椅子上坐滿老人、媽媽和小孩，像極了台灣眷村或鄉下社區那種鄰里生活。這是布希維克居民幸福生活的模樣。

美好溫和的天氣和綠葉繁花接續盛開，即使社區居民全都出籠仍不會顯得擁擠；不像曼哈頓遊客在二〇二二年後開始人山人海湧進，街上的垃圾感覺也少了些。李風就是很介意街上隨處沒有整理的垃圾，以及不少居民出門遛狗讓自家寵物隨地大小便而不清理，這是布希維克和曼哈頓最大的差異點。

不過春夏之際李風大多數時間在曼哈頓陪黛比，以及她安排的其他三位女士，他就像紐約現在多數的上班族，一週進城上班三天或四天，其他時間在家工作，這是疫情後新時代的工作常態。李風沒有想到自己竟然也置身於這個新常態中，而且他的工作還被蜜拉定義為——疫情後新寂寞時代的新歡愉產業，The new business of Pleasure after Covid-19。

隨著他心中那個障礙越來越小的同時，他開始思索二〇二三年，也就是明年，他如何能有份全職工作——非新歡愉產業的全職工作。他盤算著如何運用今年的特殊收入去學習新能力，可以在職場上找到工作的新能力，不再用茱麗亞音樂學院的鋼琴碩士文憑找工作。「Victor，不管你未來做什麼都行，你不需要被古典音樂、不要被鋼琴綁架，知道嗎？」他想起鋼琴教授生前跟他說的最後一句話。如今竟然可以運用今年這筆收入去開創新的未來，不用再被鋼琴綁架了，他百感交集，一種從未有過、正向的感受。

即使有了今年特殊的高收入，李風依然省吃儉用過日子，他不像電影《美國舞男》中的男主角過著如貴公子般的奢華生活，依然過著深居簡出疫情風格生活。扣掉可以生存下去的生活基本開銷費用後他將所有的錢存著，他用新冠舞男的收入為自己的新未來鋪路，雖然他還不知道那個新未來是什麼。

這天一大早李風走到 Knickerboker Avenue 和 Grove Street 的交叉口，每天清晨會有兩個拉丁裔男人開著小客車在這擺個小攤位，賣新鮮又便宜的魚。這兩個男人一個忙著處理魚鱗和內臟，另一個負責招攬生意，魚貨有限賣完就沒有了。李風這天早起特別來這排隊等著買魚，他今天想煮豆腐魚湯犒賞自己，這個小魚攤的魚真的新鮮又便宜。

排隊等著買魚的時候，李風的手機響起，這個號碼沒有顯示名字，但來自台灣。

「嗨，李大風！我是老徐！」

「老徐？老徐！是你！哇！好久沒聽到你的聲音了！天啊！」

「李大風！你好嗎？」

「還可以，你呢？怎麼突然找我了？真是太令人驚訝了！畢業後我們都沒有聯絡……」

「是你出國深造後就不理我們了好嗎？」

「老徐……不要這樣說我啦！」

「好啦！想說你們這些出國繼續深造的人應該也蠻辛苦的，在異鄉奮鬥真的不容易……」

「嗯……你找我一定有什麼事吧？」

「沒錯，是有事要找你。我找到你妹跟她要了你的美國行動電話，她還說先幫我們拉個 line，我說這麼久沒聽到我們鋼琴王子的聲音了，我先打個電話給你比較快，有事要找你呢！」

「什麼事啊？老徐！」

「李大風，我們最想念的鋼琴王子，你說話的聲音還是跟以前一樣好聽啊！哈！我跟你說，最近我要參加一個公部門的標案，一個音樂節的活動，標案內容裡需要兩檔海外的音樂家回國演出，想說將你列上。若你同意，需要請你幫忙回簽同意書給我，可以嗎？同學……」

「我很久沒練琴了，你要不要找其他人呢？」

「那你都在幹嘛了呢？李大風，這次音樂節我們規劃的曲目都是耳熟能詳的小品，憑你，茱莉亞音樂學院的高材生，根本就是小 case。」

「好吧……反正這是標案，先幫你順利送出標案再說。」

「沒錯！這是標案，你知道的，人人有機會，個個沒把握。」

「老徐，我明白的，我爸跟我妹都在公部門做事。」

「我會將檔案寄給你，你簽好名後拍照掃描給我就可以了。」

「恭喜你啊！謝謝你想到我……我都沒跟你聯絡……你還想到我。」

「哪裡，我才要麻煩你呢，不好意思，很趕喔！今天喔！我們還要送印……唉呀！你知道的……」

「沒問題，我現人在外面買東西，買好回去後即刻處理這事。」

「你真夠意思！李大風，你都好嗎？應該混得不錯吧！剛好趁這個機會跟你聯繫上，這個標案需要邀請海外知名音樂家，而且機票可以核銷，所以我才敢找你啊！」

「同學……我不是海外知名音樂家，而且，我真的很久沒練琴了……」

「你真是謙虛！前陣子我在新聞有看到你的名字，你那位茱莉亞音樂學院鋼琴教授過世的時候台灣藝文媒體有報導，上面寫你是希臘裔國寶級鋼琴大師生前最後一位收的亞洲學生。哇塞！我看到我同學的名字『李風，留美鋼琴王子』。這段新聞我就放在標案計畫書裡。記得喔！今天晚點要寄給我喔！謝謝你！反正我們就盡力，若幸運有中，會立馬跟你說。」

「嗯，好，我待會回去馬上弄。」

魚攤老闆正等李風說完電話後收錢，今天魚攤生意好，李風是最後一個付錢的客人，好在老徐來電之前他已經跟老闆說好要兩條魚了。

李風拎著裝魚的塑膠袋快速走回住處，電郵收到老徐寄來的同意書，上面寫著活動名稱《疫情風光》音樂節（註：借用小提琴家二〇二一年底音樂會名稱），他趕緊簽好名拍照掃描回寄給了老徐，但他內心並不希望老徐幸運標到這個案子。

他不想回台灣，尤其剛剛老徐提到台灣媒體對他鋼琴教授過世的報導，讓他更不想回台灣了。

他非常懊惱剛剛怎麼都想不出拒絕老徐的藉口，自己就這樣被他的熱情牽著走，「那你都在幹嘛了呢？」老徐的這句話簡直就是大大重擊他的內心，他覺得自己真沒用，怎麼想不出半句話回絕老徐。雖然只是個同意書並沒有任何保證，但是，從此刻起，他心裡就是有個疙瘩了，而能夠化解這個疙瘩的就是老徐沒有標到這個案子。

然而，天不從人願，三個星期後老徐興奮的來電，妹妹也用 line 打電話給他。所有人都高興極了，李風卻開始寢食難安、徹夜難眠，他對自己回簽給老徐同意書這個行為感到後悔不已。

「大風啊！你真是我的福星，說真的我們根本沒把握會拿到標案，這年頭搞藝文的越來越需要靠政府活下去，每個案子的投標廠商越來越多，競爭超激烈的，你無法想像！真的！尤其疫情爆發後。唉！不過這次我的同事為活動取名為：疫情風光，還真是厲害！搞不好就是這個活動名稱加上你……你教授的新聞，讓我們幸運得標的。」

「嗯……恭喜你……。」

「你是不是剛睡醒啊？聲音聽起來超沒勁的？對了！可以麻煩你委屈搭轉機的航班回台灣嗎？現在台北紐約直航的經濟艙機票貴得嚇死了！真的很離譜！你知道的，公部門差旅費的核銷都有一定範圍，加上標案是沒有什麼利潤的，能讓我 cover 公司行政人事……在這時機……我們很幸運了。」

「老徐，我明白的。」

返台開音樂會曾是他之前期待的夢想，畢業那年他沒有去搭樂壇新秀的列車，自以為是的積極參加美國各地和其他國家的比賽，他希望在自己的履歷表上除了台灣的獲獎紀錄，無論如何也要加上最重要的海外獲獎紀錄。他日以繼夜拚命練琴準備，為了那張能保證他未來的 CV 上面的紀錄。畢業前夕他也忙著和同學們組室內樂到處爭取演出的機會，以及被經紀公司簽約的機會。當時身邊所有的人都說他才貌雙全機會很大，唯獨鋼琴教授沒有特別說什麼，導致他跟教授漸行漸遠。

可怕的是，時間呈現了越來越多殘酷的真實面貌，他在同溫層的世界裡看不清自己的實力和周邊的資源。在世界的舞台上他的實力僅僅及格而已，而且他根本沒有資源，缺乏國際舞台上的公關人脈和有力的贊助單位及經紀公司，越靠近舞台他越看到更多的事實。然而他的青春過去了，緊接著更不幸的是疫情爆發了，李風跟許許多多在疫情期中掙扎的音樂人和藝術家們都在黑暗隧道中匍匐前進，他了解自己還算幸運，因為還活著。

但是此刻還活著的他對返台演出充滿了恐懼和不安，他現在是一個 Covid Gigolo 新冠舞男，早就不是鋼琴家了。

從接到老徐的來電和妹妹 line 的來訊之後，他覺得自己正朝著世界末日前進。數日下來的內心煎熬也被黛比看出來了。

「Olive……怎麼我的精神狀態越來越穩定的時候，你反而不好了？發生什麼事了？」

「我再過一個月要回台灣參加一個音樂節的演出……」

「太棒了！我真為你高興！但是，你怎麼看起來像是要回去參加喪事的樣子？」

「對我來說，比喪事更可怕。」

「怎麼了？為什麼這樣說呢？」

「如果……我台灣的親友和媒體知道我現在在紐約做什麼……我不僅毀了，我還會連累我的家人一起毀了……」

「天啊！Olive！你怎麼會有這種可怕的想法？你是我的朋友，你是我們女性菁英的生活顧問，怎會毀了你和家人呢？」

「黛比，我是出生在一個傳統的家庭，東方傳統的家庭裡……」

「我了解，我去過中國，我學過一點中文，也交過一些中國朋友，我想我可以了解。但我前夫說台灣很進步，世界半導體產業發展的重點國家，所以……你的家鄉應該是思想很開放的呀！對了！我還記得我看過新聞報導說台灣是亞洲第一個同性婚姻合法化的國家，很酷！」

「我不想回去……」李風雙手摀住臉痛苦的說。

「親愛的，你要我陪你回去嗎？我沒去過台灣，趁這個機會去看看……」

「不！我求妳！不要。」

「那我能幫你什麼忙呢？說白了，全世界只有我們幾個女人知道你……你是我們的朋友，而我們是最保護你的人，我相信你非常了解的。既然如此，你何必將一件好事想成壞事？你不是說你是個簡單的男人？下個月你要回台灣演奏這件事很簡單，現在，有問題的是你，是你先將自己變成魔鬼，然後將好事變成壞事……」

「黛比……聽妳這樣一說，我覺得我好過一點了。」

「親愛的，很好。現在，牽著我的手，帶我到床上，簡單的……溫柔對待我，我發現表情痛苦的你很性感，快！我好想要你。」

黛比自己快速的脫掉身上的衣服，一絲不掛的站在李風前面伸出手。返台音樂會這個魔咒在他腦海裡瞬間被眼前的性愛渴望所解開，他使勁力第一次抱起高挑的黛比，蹣跚地走進臥房將她放在床上，盡情的、溫柔的和她做愛，將痛苦和恐懼拋在一旁。

李風發現原來做愛也是一種擺脫煩惱的療法，即使短暫也好。

黛比發現陷入痛苦深淵中的李風不僅性感，而且床上功夫更勝以往，原來末日前的性愛是如此令人感動。她非常興奮地發現了這件事，她悟到了世界末日的前一刻，人類最值得要去做的事，就是跟喜歡的人或身邊的人去做愛；為上帝在地球上

悉。李風一直很愛這位希臘裔教授，經常把他當作在美國的慈父；但是他也一直很怕教授，因為教授常說的話他覺得太形而上，他做不到、悟不到。

沒想到教授生前說的許多話，他卻在跟蜜拉和黛比身上領悟到。兩個跟他沒有感情關係，僅有性愛和陪伴的客戶關係的兩個美國女人，他實在無法對自己說明白、對自己講清楚。如果母親的靈魂看得見他，真正有所謂的在天之靈，母親會怎麼看現在的他？會不會對他感到失望？會不會後悔幫他取了一個有故事的名字？而這個名字正在經歷前所未有的奇情歷程？

李風繼續彈著走音的旋律，他第一次不嫌棄走音，甚至發現走音有著奇妙的感覺，或許是因為他的人生也正在走音、走調中，只要繼續彈，旋律就會一直不停往前飄揚，跟他的人生一樣。

腦海中浮現老徐傳來的參考曲目：

巴哈十二平均律 No.1 E 大調前奏曲

舒曼 兒時情景

蕭邦 夜曲 Chopin Nocturne Op.9 No.2

柴可夫斯基 浪漫曲 Tchaikovsky - Romance in F Minor, Op. 5

「你跟另一位從美國回來的女小提琴家Anna，分別共同演奏上下半場，高雄、台中和台北三場。參考曲目是我們遞案計畫書寫的，你可以調整，但要盡快跟我確定下來，我要去跟長官們報告，而且文宣也要即刻進行了，麻煩你了！我的好同學！」老徐在email裡寫著。

李風在接下來的時間開始忙著跟老徐以及他的團隊們溝通、討論和確定許多大大小小的事情，加上他需要專心練琴，所以他跟黛比及另位三位女人請兩個月的假，但是他每個星期去黛比家彈琴給她聽，就像黛比個人專屬的音樂會一樣。對李風來說彈著她樓上那諾大書房裡的那台名琴就像排練一樣，他將黛比每週固定會給他的錢退回給她，他跟黛比說我就是簡單的來妳家借妳的名貴鋼琴練習與彈琴給妳聽。黛比明白了他的意思，每次李風來彈琴的時候她都穿上華麗典雅的晚禮服坐在旁邊聆聽，也請佣人們穿上正式服裝坐在一旁一起聽，完全呈現十九世紀巴黎貴族的沙龍文化。

「他是我們的蕭邦，光頭的現代蕭邦，真是好看哪！」黛比這樣告訴大家。

這段時間黛比找了愛藝術俱樂部另一位Gigolo來陪她，這位美法混血的男人很會哄她，逗她開心，做愛的時候可以換好幾種不同的體位來滿足她。雖然黛比心裡一直想念著跟李風那次末日性愛的時光，但她必須尊重李風，這段時間只當他的聽眾。好幾次當李風彈完一首曲子的時候，她幾乎想撲上去脫光他的衣服跟他做愛；但她必須禮貌地壓抑住自己的慾望，更何況自己還請佣人們一起坐在旁邊。

由於老徐這次規劃的曲目都是小品，所以李風可以在很快的時間內練回自己的手感和台上應有的演奏水準，加上黛比將家庭音樂會布置張羅得極為慎重，讓他也找回上台演出的隆重感。

他去黛比家最後一次彈琴的時候，一進書房發現蜜拉出現，坐在書房的角落，蜜拉穿著她那件深紫色蕾絲長禮服，她淡淡的抿著嘴笑，沒有要跟他打招呼或說話，她像個陌生人初次見面般跟他輕輕點個頭說聲您好。

他跟蜜拉一個季節沒有見面也沒有聯絡，蜜拉已經變成了另一個女人：她變長的頭髮挽起來一個馬尾，臉上的妝容比以往亮麗，加上今日搭配的黑色珍珠耳環，整體更為性感嬌豔，而唯一不變只有身上那件她帶他去聽歌劇《蝴蝶夫人》時穿的禮服。

有趣的是黛比也沒有要介紹這場的新聽眾蜜拉，大家就這麼心照不宣開始了。

李風彈完結束後，黛比說要親自送鋼琴家離開，她牽著他的手走出書房經過蜜拉身邊時，蜜拉跟他說了一個字恭喜，然後轉頭起身去拿香檳。黛比聽到後握緊他的手，將他從樓上帶下來。

「我想死你了，但我又必須放你走。」兩個人站在門口，黛比深情地望著他。李風低頭親了她的臉頰說聲謝謝，黛比突然雙手捧住他的臉狂吻著他的嘴脣，李風不敢動，雙手緊握在背後。黛比吻了將近三分鐘才將嘴脣挪開，她的口紅全留在李風脣上。李風一動也不動地看著她，深呼吸一口後說：「謝謝妳，我要走了。」

黛比點頭說好，打開屋門目送他進電梯。

李風一進電梯從鏡面裡看見自己滿嘴口紅，趕緊拿出面紙擦拭，黛比住在頂樓，讓他有足夠的時間將嘴脣上的口紅擦掉。

李風走出這棟第五大道的豪宅，已是晚上十點多，馬路和人行道十分安靜，只有稀疏的人與車。走過馬路來到大都會博物館門前的階梯廣場，夏日的夜晚這裡還是有不少人坐在這裡聊天或發呆，他往上走到階梯最上方坐下來。

「後天就要去機場了，就要回台灣了……」他喃喃自語著。

隔離

李風為了幫老徐公司節省機票錢，他搭乘土耳其航空回台灣，中途繞到伊斯坦堡轉機。出發前他已有長程飛行的心理準備，加上他也沒有歸心似箭的心情。飛了二十九小時後抵達桃園機場，再搭防疫專車回台南，直接住進隔壁鄰居陳阿姨家一間空房自主隔離，他終究還是回家了。

妹妹李晴早已備好各種食物和物品放在裡面，像是準備迎接末日一樣，台灣最不缺的就是吃的東西。他還看到妹妹不知從哪兒搬來的一台電子鋼琴放在客廳牆邊，上面放了一張卡片：「哥，歡迎回家，我們等你等好久了，好好休息，我們不會吵你，等你精神恢復好了再打電話回家喔！晴。」

李風看到廚房裡放了兩顆鳳梨，妹妹還真是貼心，想想放好行李後就來削鳳梨吃，而這時老徐來電了：「李大風啊！我偉大的鋼琴王子你終於回來了！天啊！

你還真能飛，叫你坐聯合航空在舊金山轉機只要二十二小時你不要，你竟飛去伊斯坦堡轉機，我真是欠你一個大人情啊！」

「沒關係的，我在飛機上能睡的。你很忙吧？處理這麼多事，都順利嗎？」

「事情真的是蠻繁雜的，不過這個時機還有事可做、可忙，算幸運了。」

「我隔離的這幾天有需要我做什麼的嗎？」

「有幾個電台電話採訪和一個中央社記者的電話專訪，晚點我會將參考題綱給你，後天才開始，你先休息比較重要。」

「好，有任何事隨時跟我說。老徐……我們是老同學……我有話就直說，別再叫我鋼琴王子，我根本不是……而且，我已經開始在想其他事情了。」

「好啦，沒問題的，我懂你。你說你在想其他事情？什麼意思？」

「跟彈鋼琴沒有關係的其他事情。像你……從主修聲樂變成音樂經紀公司老闆，你在大二的時候就已經早我們先想其他的事情了，我真的很佩服你。」

「李風……我不可能成為可以唱歌劇的男高音，一台灣沒有這個市場，二我沒有這個本錢，當初傻傻的愛唱歌唸音樂系，不到一學期我就發現自己真的好傻……」

「老徐，從我認識你的第一天開始我就覺得你是班上最聰明的人，現在是最清醒的人，我其實跟你做朋友是有點自卑的……我們現在說開了也好。」

「什麼？你說什麼？我還以為是你看不起我這個沒有氣質的同學，所以跟我很生疏，畢業後也不聯絡……你在說什麼啊？」

「我在講以前不敢說的……自卑，我沒有理你是因為覺得跟你比自卑，你勇於走跟我們不一樣的路，這讓我感到自卑。這次你把我找回來，除了謝謝你之外，更想跟你說說真心話。」

「喔……李大風……李風……當初第一個叫你李大風的人是我，記不記得？因為我覺得你這位大帥哥的世界比我大很多……。」

「我的世界根本沒有你想像中的大很多……，反而是我覺得你的世界比我們都還要大。老徐，還有一件事我也想說說真心話，前陣子你找我合作簽同意書，當時我馬上答應回簽了，是因為我覺得你根本不會標到這個案子。」

「什麼意思？」

「我一點都不想回來，但誰知道你竟然標到這個案子，又不好意思叫你去找其他人。」

「什麼意思你不想回來？你……發生什麼事了？」

「沒有……只是……就是……不想回來。」

「李風……我想你應該是累壞了，連帶心情快活不起來。這兩天……你先好好休息，有什麼話你願意跟我說的，我任何時候都會接你的電話，懂嗎？但是，你現在已經回來了，你……當作幫我這個同學的大忙，我們先盡力做完這檔音樂節好嗎？就三場五天的時間，後天開始的媒體電話專訪……你可以不要提到你不想回來這幾個字嗎？公部門的長官……還有觀眾聽到……會……唉！我都口吃了，李風……」

「老徐，不用擔心，我知道應該做什麼。」

「謝謝……李風……我們從來沒像今天這樣說話……不說表面話，我很高興你把我當朋友了。」

「我也是。」

「你在紐約好嗎？你……都做什麼工作生存下來的呢？教琴？還是？尤其疫情爆發後？」

「我做……做男人該做的事。」

「喔！那你一定做了很多的事！」

老徐沒再多說什麼要李風早點休息，他會請專人送來好吃的家鄉美食、水果和

心事嗎？我有什麼可以幫上忙的嗎？」

老徐像是發表一篇他準備很久的講稿，劈里啪啦一口氣說完，沒有讓李風插嘴說上話的空隙。但老徐異常真誠的聲音和情感，聽得李風眼眶泛紅，一陣陣暖流流過他的心裡，將之前他近乎瘋狂的念頭一掃而空，那股熟悉的暖流不就正是「這世間有人在乎你」。

「老徐……謝謝，我聽到了，謝謝你，我先準備待會的電台專訪……」

「江湖音樂廳」的節目主持人來電，她跟李風說這是預錄所以訪談中不需有壓力，想停就停，但會今晚剪輯好趕在大後天星期天中午播出。

「可以知道你目前住在紐約哪一區嗎？」

「布魯克林區。」

「我五個月前也住過布魯克林北部的布希維克（Bushwick），你應該知道那一區吧？」

「是喔……我知道布希維克。」李風不想跟主持人說他就住在布希維克，

「我在布希維克寫完一篇關於布魯克林藝站（Brooklyn Artist Studio）和創辦人黃再添的英文文章，以及製作關於那個地方的影片，你知道 BAS 和 Patrick 嗎？」

「我知道那個地方也聽說過他，但我不認識他，很多台灣藝術家到紐約的第一站就是到那裡。」

「疫情爆發後你在紐約都好嗎？我看了資料你在紐約疫情最嚴峻的時候沒有回來台灣，那段時間很多台灣音樂人都紛紛回台灣了，你蠻特別的。所以，我們可以聊聊你這兩年的生活嗎？」

「這兩年沒有什麼特別可談的，就是繼續生活下去而已。」

「那……可以跟我們分享陪伴你渡過這兩年生活的音樂嗎？不侷限古典音樂，什麼音樂都行，『江湖音樂廳』這個節目是聚焦在疫情後人和音樂的故事，是哪些音樂陪伴你過這段日子？」

「我不太聽古典音樂了……」

「沒問題，什麼類型的音樂都可以，主要是陪伴你這段時間的音樂……」

「主持人，說實話，我這兩年幾乎沒有主動聽音樂，我可以分享我目前室友Aaron 常聽的音樂嗎？」

李風不知道為什麼開始想跟這位主持人說實話……。

「好啊！有意思喔！你室友常聽的音樂。」

「他每次在廚房做菜的時候都會聽〈Joe Dassin SALUT〉這首歌，我也蠻喜歡聽的，所以我倆經常開玩笑說這是我們的廚房之歌。」

「喔！這是首老歌了！你室友年紀是……？」

「Aaron 比我年輕，他不到三十歲，但是喜歡老東西、老音樂和老電影，他是個年輕帥哥，外型有點像現在當紅的一位男明星『甜茶』提摩西夏勒梅（Timothée Chalamet）。」

「真有意思！我們第一段就來聊你的室友、你們的廚房還有你聽這首歌的感覺好嗎？然後，你可以以再提供三首音樂和其相關的人物嗎？」

「我打工的地方同事常聽的音樂也可以嗎？」

「當然可以，這些就是圍繞在你生活裡的音樂，非常好！」

李風馬上想到兩首歌，一首是他跟蜜拉一起聽的歌劇《蝴蝶夫人》裡那首〈美好的一日〉，另一首則是每次他到蜜拉公寓時，蜜拉要求他們兩人裸體相擁跳舞時必播放的 Cesaria Evora 的〈Amor Di Mundo〉。

「我有時在咖啡館打工，這兩首歌是一位女同事在店裡總愛播放的音樂。」

「兩首截然不同的音樂！一首歌劇詠嘆調，一首葡萄牙語歌后的曲子，你同事的曲目還真特別。她有提到她跟這兩首歌之間的故事嗎？她如何和這兩首歌相遇的？

可以多分享一些嗎？」
「她說……這首歌是她在失戀後遇見新戀情的重生歌曲……」
李風開始努力回想那段期間蜜拉跟他說過的話，然後將其內容編織成合理的謊言告訴主持人，卻在主持人自然親切的引導下，變成疫情後人與音樂之間溫暖的故事。畢竟蜜拉當時說的全都是發自內心的真心話，唯一的謊言只不過是蜜拉是他的同事；但這也並非絕對的謊言，在蜜拉口中的那個新歡愉產業裡，他們倆確實是同事。
「李風，最後一段訪談了，你想選哪一首音樂或歌曲呢？」
「可以還是我朋友或同事常聽的嗎？」
「當然可以，因為雖然是你室友與同事常聽的音樂，但顯然也是你很有感覺的音樂，而且你的室友和同事與音樂之間的故事很有趣，只是……疫情爆發後真的沒有任何一首音樂可以陪伴你嗎？」
「我不知道……我從來沒想過音樂是陪伴我的朋友……有時候音樂比較像我想要擺脫掉的朋友……」
「李風……你說的是古典樂吧？我也曾經跟你想的一樣，沒關係，你有時候會聽其他類型的音樂嗎？」

「不多，或聽到後沒有去記它們的曲目。」

「嗯……我換個問題來問，如果你想送給聽到這集節目的聽眾朋友一首音樂或歌曲，會是哪一首呢？」

「Gloria Gaynor 的〈I Will Survive〉吧！二〇二〇年最後一天我在家看電視，看紐約時代廣場的跨年演唱場會，你知道的那一年跨年是大家心裡最苦的時候。我在家看電視，看到她唱這首歌的時候，不知道為什麼，我突然哭了出來，後來想想可能是聽到 survive 生存這個字吧……」

李風當然又說謊了！這首歌是他和曉鈴相識之後，她都會在每年一月二日晚上清唱錄音這首歌的主旋律，然後用簡訊傳給李風：「李風新年快樂！你還有三百六十三天可以活下去！」

「李風，你講得真好！這段你跟這首歌相遇的故事真的很感人……」

訪談結束後李風問主持人：「為什麼你不問我關於這次音樂會的內容？不是要宣傳《疫情風光音樂節》嗎？我很好奇想知道……」

「我們的訪談已經在宣傳音樂會了，你跟你的室友以及你的同事與音樂之間的相遇與相知，就已經真誠傳達了音樂存在的意義了。」

「喔……我原本很抗拒要聊疫情後我的生活，沒想到我們一下子就訪談完畢錄好了！」

「抗拒？」

「嗯，因為這兩年多的生活根本就跟音樂很遙遠，怎麼談？」

「遠離音樂或放下音樂沒什麼，我們學音樂的人不需要被音樂綁架，它是人生旅程中的一個朋友；既然是朋友，總有相聚和相離的時候，不是嗎？」

「聽妳這樣說……我舒坦多了……」

李風和「江湖音樂廳」節目主持人訪談結束後，又聊了一會兒，他覺得跟她交淺言深，但他始終都沒有透露自己住在布希維克，主持人提到她前陣子就住在布希維克，難道他跟她在街頭相遇過嗎？李風感覺主持人似乎見過他，因為她一定看過老徐的新聞稿上他的照片；但因為他從頭到尾都不說，所以她也就心照不宣而不揭露或問到底。

這段隔離期間所有的媒體電話訪談，就這個電台節目讓他最感到自然舒服，但又隱隱感到不安。

「請問妳是？」李風用的是老徐給他的台灣手機，上面沒有顯示名字，

「李風！你是不是不想活了嗎？我是 Rose！曉鈴啦！你竟然聽不出我的聲音！」

「喔！曉鈴是妳！我本來就不想活了！哈！」

「你在台北了吧？我看到你妹 PO 在臉書上的訊息，我前天剛回到台灣，現在也在台北。」

「真的？妳怎麼老是陰魂不散地跟著我？妳回台灣幹嘛？」

「誰跟著你了？不要那麼自戀！臨時決定回台灣跟客戶當面溝通一些事情。」

「一定是很重要的客戶才會讓妳飛回來，妳待到哪天？」

「一個美術館的客戶，在履歷上很重要，爭取接案很重要，但幾乎沒有利潤，做辛酸的。我會待到……待到……」

曉鈴從來沒有這樣支支吾吾的，她一向有話就說，尤其對李風。

「怎麼了？」

「我待到你走之後……」

「妳怪怪的。」

「你才怪！明天你演出結束後我們見個面如何？今天就不找你了。」

「明晚結束後老徐……這個音樂節的執行總監也是我的大學同學，他要請所有人一起吃飯，慶功宴吧！妳要一起來嗎？他人很好，我跟他說一聲應該沒問題的。」

「不要，我要單獨見你，你結束後打這支電話給我，我去接你。」

「好吧！但是應該會蠻晚的喔！」

「時間對我們兩個人見面有影響嗎？」

「不會。」

「你怎麼沒問我明晚要不要去聽你的音樂會？」

「有什麼好聽的。」

「也是，看見你還活著比較重要。」

「嗯……」

「明天深夜見。」

「好。」

曉鈴的朋友承接一家國立美術館展覽的設計案，需要有「國際級設計師」的參與，所以找了曉鈴和她美國設計師朋友一起擔任設計。曉鈴手邊已有相當穩定的案源，加上好友金裕昌回到上海成立工作室後，不斷轉給她很多好案子做。若不是因為這個設計案的客戶是國立美術館，曉鈴根本不想也沒時間承接此案，國立美術館就是個牌子，放在工作履歷上好看，但如果將溝通成本算進來，毫無利潤可言。這次她從美國飛回台灣的機票還是金裕昌付的，因為要她同時進行上海一個專案。

設計師這個行業超級競爭，曉鈴跟金裕昌兩人，加上他們的美國夥伴，一起分工經營美國、台灣、韓國和中國的多元業務客戶線，所以他們這個新世代的跨國團隊一直有非常穩定的案源。尤其金裕昌的美國男友 Larry 是好萊塢時尚圈的公關公司經理，他介紹來的客戶又好又有錢，簡直就是金裕昌和曉鈴的衣食父母。曉鈴經常跟金裕昌說：「我比你還愛你的男人，Larry 實在太讚了，我們這輩子就靠他活下去了！」但其實金裕昌掌握的客戶市場更大，他父親是北京一家國企的老總，母親出身上海演藝世家，姊姊在上海經營媒體採購公司。

金裕昌每年回中國探親一次就帶回來足夠吃飽喝足兩三年的大案子，而曉鈴是個設計高手，人緣也好，案子做不完都會分配給身邊的設計師朋友們一起執行。曉鈴也是個結案高人，總能掌握客戶所需，幾乎每個案子都能順利結案讓客戶開心如期付尾款。她和金裕昌在西岸合作的這家公司在疫情爆發後，案源有增無減，因為疫情前她剛好結交一個在數位行銷公司工作的新男友，適時補上 Larry 公關界客戶因疫情停擺的活動設計案源，他們這個跨國團隊總能站在浪頭上。

但是金裕昌的父母並非能接受新世代的價值觀，他們這些年不斷催促他結婚生子，一直介紹名門閨秀給他認識，當然他們不知道兒子愛的是男人。他們來美國看兒子的時候，Larry 就住到曉鈴家，而曉鈴也會動員所有戰友夥伴們將 Larry 在金裕昌家的所有痕跡清空，然後故意留一支口紅在浴室。

「我們是榮華共享、患難與共的團隊。」每次清空和復原後，曉鈴就會捧著金裕昌的臉說。

不過這次曉鈴是用跟美術館客戶開會的藉口回台灣的，她其實是為了另一樁悲傷的事回來的，而且她必須要告訴李風這件事，但是最好等李風演出結束後再說。

音樂會

台北場演出這天下午李風到了兩廳院，準備晚上的演出，到了後台休息室發現有人送一盆花在他桌上，有一張卡片插在花朵裡：「My dear love, Congratulations! Your love from United State.」他有點得意的笑著，想說曉鈴終究還是來聽他的音樂會了。

上半場順利結束後，李風趁休息時間發簡訊給曉鈴：「謝謝妳的花，好美、好大一盆，妳真大方，晚點見。」

老徐這時探頭進來開玩笑說：「唉呦！還是鋼琴王子有魅力，你看看……你桌上這盆花簡直就像是王妃送給王子的！氣派優雅！貴族風範！李大風，這可是很貴的喔！」

「你胡扯！」

「王子！我可以知道是哪位王妃嗎？」

「不可以。」

「好吧！放過你，下半場囉！我們終於要結束了！我好開心啊！李風！」

「我也是，終於要結束了。」

老徐轉身離開之後，李風看看手錶，再過五分鐘下半場就要開始，這整個音樂節的最後半場，就是他最後好好在舞台上彈琴的最後半場了。這段時間以來他越來越篤定，過了這最後半場，就徹底放下彈琴這件事，徹底丟掉裹在身上這層音樂家的盔甲。他想要認真追尋新的未來，即使他現在根本不清楚那個新未來是什麼，但是他就是如此相信著這個信念。

要跟彈琴說再見了，李風莫名開心起來，他迫不及待要走上舞台，好好彈一場。

舞台燈光亮起，他輕鬆在舞台旁等著，等待的時候他滑了滑手機，看到曉鈴回訊：「我沒有送你花，半夜見。」

曉鈴的回訊不像開玩笑，李風感到納悶，他猜不出會是誰送的花。而上台的時間到了，他放下手機依然輕鬆的走向鋼琴，舊李風的最後半場開始了。

順利且順心的彈完三首後，他起身向觀眾致謝。接下來是小提琴家登場拉完兩首後，再換李風出來演出最後一首。

李風走回舞台旁，看著小提琴家出場，他開心地跟著觀眾一起鼓掌，越到尾聲心情越興奮。

就在小提琴家向觀眾鞠躬完畢後，李風驚見觀眾席前排中間坐著一個他認識的女人。

他目瞪口呆、心跳加速地看著黛比，「黛……黛比……妳怎麼在這？妳來幹嘛？」李風驚嚇得喃喃自語，他全身突然像火把燃燒了起來，他突然會意過來原來那盆花是黛比送的，真的不是曉鈴送的，他簡直不敢相信黛比就這樣飛到台灣來。「妳來這裡幹嘛？妳想幹嘛？妳為什麼來這？……」李風心中不斷吶喊，他像瘋了一樣失去所有思緒，他整個人呆立在舞台旁的等待區，全身顫抖著。

「李老師你怎麼了？你是不是不舒服？」旁邊的工作人員小心翼翼地問著他，但李風什麼都沒聽到。

小提琴家拉完了該換李風上場，工作人員焦慮地看著他問：「李老師你還好嗎？要換你出場彈最後一首了。」但李風什麼都沒聽到，他只聽到最後一首就走了出去，沒等小提琴家回到後台來，沒向觀眾敬禮就直接走到鋼琴前面坐下。台下的觀眾誤以為這是節目的故意安排而大聲鼓掌叫好，李風沒等掌聲結束就開始彈琴，反而讓觀眾更嗨，掌聲更熱烈。

李風彷彿乩童上身，他將這最後一首蕭邦夜曲 Chopin Nocturne Op.9 No.2 彈到一半突然加速彈奏，速度從原來的行板 Andante 變成急板 Presto，觀眾們開始感到不知所措，但有些觀眾以為李風是故意的，反而跟著加速的節奏打起拍子，這也帶動了其他盲目的群眾跟著一起打拍子。老徐從後台電視螢幕看到後，嚇得跑到舞台旁的等待區看著李風，這時全場已經熱烈瘋狂得變成搖滾音樂會了。李風彈完最後一個音後，漲紅著臉向鋼琴鞠躬後跑回舞台旁的等待區，沒等全場觀眾起立鼓掌，直接昏倒在老徐的懷裡。

「真的，音樂節結束了，不是嗎？」

「你的音樂會結束了，但我的新生意來了，謝謝你讓我開始風光了。」

老徐也誤解李風的瘋狂行徑了。

老徐再度跟醫生確認李風沒事後，開車載他回旅店，他倆在車上沉默了許久，直到車子已經開到旅店門口，老徐終於忍不住開了口：「李風，我知道你這個人，擱在你心裡的事很多，如果你想跟我說，願意跟我說，我的手機不會關機，永遠等你，但你若不想多說，你懂我的，我從不多問。」老徐第一次感覺自己像個詩人般說話。

「我知道，我知道你這個朋友會一直在……」李風突然哽咽了。

老徐眼眶也紅了，他轉身抱住李風，誰知李風竟哭了出來，「沒事的，你的同學在這呢！」老徐拍拍李風的背。

「我不想彈琴了……」李風嗚咽了起來。

「不想彈琴不犯法，沒有關係的，你先好好休息。」老徐像個老大哥一樣安慰著他。

李風回到旅店房間後，躺在床上閉上雙眼沉思了一下，拿起手機打電話給曉鈴，而她剛好在附近，很快的她就開著車來到旅店樓下。李風用冷水洗了把臉，讓自己看起來清爽後才下樓。

「妳在台北還有車喔？」

「廢話！我是誰？你不認識我嗎？」

「我們要去哪？」

「去一個有夜景的地方，空曠一點的地方。」

「幹嘛？」

「跟你說話啊！」

「我們現在不就在說話了？」

「不一樣，你怎麼看起來怪怪的？不是剛吃過慶功宴嗎？」

「妳才怪裡怪氣的。」

李風跟她在車上又是一陣沉默，兩個人各自心事重重，各自在心裡盤旋著待會要說的話，李風心想曉鈴是不是知道今晚發生的事而要問他，但曉鈴心裡糾結的那件事待會該如何啟口。

車子開沒多久就到了大稻埕碼頭，李風下車後驚嘆：「台北竟有這樣美麗的夜景……曉鈴，這地方真不錯。」

「嗯……」她淡淡一笑撅起嘴脣，盯著李風的臉。

「你幹嘛這樣看我？」

「你這次回來演出都結束了，現在沒壓力了吧？」

「我……晚上剛經歷了另一場壓力，但別說了，也不要問我。」

「你後天下午時間留下來。」

「幹嘛？」

「去醫院看郁文，她昨天剛進到……一家精神病院。」

「什麼？郁文？她……回來台灣了？精神病院？曉鈴妳在說什麼？」

「她兩個月前在紐約試圖跳樓自殺，被鄰居發現將她從頂樓救下來，但是沒隔幾天她又趁室友不注意想割腕自殺，她越來越不穩定，美國醫生判斷她精神上生病了。郁文的爸媽決定將她帶回台灣療養，她哥後來跟我說郁文小學時得過憂鬱症，小學老師以為她只是愛鑽牛角尖。郁文回到台灣時跟她哥說，她死前最想見的人是我……和你。」

「我……郁文……她怎麼會變成這樣？」李風猛然跌坐到地面上，

「郁文從小到大一直是好孩子、高材生，但隨著她越來越優秀，她對自己期待越來越高，高到已經忘了人生總會有低谷，她的堅強其實很脆弱，我們都不知道她的憂鬱症其實沒有真正治療好，而我竟然一直都沒感覺，還以為那是她的個性……她很想見你，我一直忍住等你的演出活動結束再告訴你，以免影響你的心情……」

李風坐在地上，神情呆滯，今天晚上他已經沒有任何力氣了。

曉鈴也突然平靜下來，坐在地上背倚靠著李風，他們在這個越夜越美麗的大稻埕碼頭，卻感覺世界的色彩漸漸消失，此刻唯一聽得見浪潮的聲音，一波又一波，就像他們依然還活著的心跳聲音。

他們僵坐在地上許久，曉鈴開始感到屁股痠痛，她動了動身體，李風伸手去牽她的手：「妳想站起來嗎？」曉鈴沒答話自己緩緩站起來走到停車場，她到車上拿菸，李風也跟著她走過去。

曉鈴在停車場旁坐下為自己點上一根菸，李風在她旁邊坐著。深夜與凌晨交接的台北，安靜的人間是迷人的，尤其這裡像是落幕後眾人皆離去了但仍點著一盞小燈的舞台，讓這兩個心靈疲憊混亂的人可以在此躲避休憩。

兩個人久久不語，直到遠方天色開始變化。

清晨的味道出現了，早起慢跑的人漸漸多了，大稻埕碼頭變成水岸邊的公園廣場了。

「我載你回旅店。」

「好。」

從大稻埕碼頭回到新驛旅店，路程不遠，尤其在還未甦醒的台北馬路上開車幾乎一下子就到了。

「你明天要來醫院喔，臺北市立聯合醫院松德院區，看你幾點可以到，我在大門口等你。」

「我……」李風話沒說完就下車了，留下虛無飄渺的牽引給曉鈴。

天亮之後老徐來到旅店看望李風，但李風熟睡沒聽見房鈴聲響，嚇得老徐請旅店的工作人員開門。打開門後看見熟睡在床上正打鼾的李風才放心，老徐留了張紙條在床邊：「兄弟，醒來後請跟我聯繫。兄弟老徐。」

李風睡到下午才醒，他打了電話給老徐問何時要退房，老徐說已經幫他多延兩天讓他在台北好好休息外出走走，李風跟他說明天想要再回台南一趟看看家人，因為週末就要飛回紐約了。

李風跟老徐講完電話後，才發現那盆花竟然在房間的牆角邊，他深深地呼了一口氣看著那盆花喃喃自語：「李風……你怎麼了？你怎麼這麼脆弱？你心裡怎麼那麼多過不去？那麼多障礙？……」

此刻他好想跟蜜拉說上話，好想即刻奔向機場飛回到紐約，直奔蜜拉的公寓跟她傾訴內心所有的壓抑。他強烈渴望蜜拉像過去一樣輕輕摸著他的光頭說：「親愛的，你還活著，只要想著你還活著就好。」

李風感覺自己快要被最近這些人事物滅頂了，經歷了這段時間他終於發現蜜拉是他茫茫人海裡的救生艇，他很想拉住救生艇拋來的線。他還不想死，他也沒有勇氣去死，像郁文一樣從樓上跳下，他不知道他的人生方向在哪裡，他只知道自己對人間還有眷戀。什麼樣的眷戀他自己也不清楚，但是他相信蜜拉一定會幫他看見那個模糊的眷戀。

他開始興奮地收拾行李，但收到一半他突然停下，有個聲音在他心裡出現：「李風，我跟我新男友在一起很開心……」李風頹喪地坐回到床邊，望著窗外天空的豔陽低聲說著：「蜜拉現在正跟男友手牽手散步在夏日的中央公園。」

李風平靜片刻後繼續整理行李，以往整理東西可以讓他思緒恢復正常，慢慢收拾好所有東西後，他打了電話給老徐跟他說現在就想先退房回台南。

「沒問題啊！想回家就快回家吧！李風，放在你房內那盆花……花器很美，我想你應該不會帶回紐約吧?可以送我放在公司裡嗎?作為我們這個《疫情風光音樂節》的紀念物。」

「好……」李風悠悠然地說。

他匆匆離開台北,沒有告訴曉鈴。

隔天李風沒有跟曉鈴聯絡,直到深夜十二點才發簡訊給她:「曉鈴,請妳原諒我,我真的沒辦法去看望她,因為我一定會崩潰失禮。妳並不知道最近我經歷了什麼事,現在的我脆弱得像奄奄一息的小草,這樣的我到了現場只會徒增大家的困擾。我非常難過郁文生病了,我是不是應該在她還正常的時候假裝去愛她呢?但是,我假裝不來,我跟她說過了,我一點都不想欺騙她、傷害她,我也不明白她為何對我如此執著?我跟她之間一直都沒有一根相聯繫的線,心與心之間說話的那條線。說實話,我反而覺得我跟妳還有那條線在,雖然我們兩個是哥兒們。曉鈴,我願意用我僅存的生命力,祝福郁文早點康復,然後遇見那個男人,一個真正愛她、屬於她和她心心相繫的男人;最重要的是要讓她快樂,非常快樂。」

曉鈴噙著淚水回訊給李風:「收到了。」

李風坐在台南大天后宮門口階梯上,看著曉鈴傳來的那三個字,一切盡在不言中。

台南

李風在台北最後那場演出造成的轟動早已傳遍鄰里親友，他靜悄悄地回到家後叫妹妹李晴不要告訴任何人：「我需要在家徹底安靜的休息三天再回紐約。」隨後李風將自己關在房裡，隔離外界的喧囂，也想隔離親情的壓力。

李晴懂哥哥的意思，並婉轉地告訴父親：「哥累壞了，他回來只要看我們兩個人，其他的人都不想見。我們讓他好好休息，他只想在這個屋裡跟我們在一起。」

李晴從小就是個善解人意的女孩，自從母親過世後，她接手母親在家裡的重要工作，扮演李風和父親之間溝通的橋樑，以及兩人爆發衝突時的潤滑劑。Men's talk 在李家往往是最無法 talk 的——父親一直反對李風將音樂當專業，李風一直抗拒父親的心願要他去當老師，南轅北轍的價值觀始終是這個小康家庭最大的隱形炸彈。

回紐約的前一晚，父親特地請假早點回家，買了很多菜準備親自下廚煮頓大餐，父親的廚藝一向很好，李風小時候看李安的電影《飲食男女》時曾驚呼：「那不就是父親嗎！」

李風聽到父親在廚房洗菜的聲音，於是他走出房門到廚房。

「爸，我幫你……」

「好啊！你今天精神恢復了嗎？」

「嗯，好多了。」

「風，這次你在台灣的演出那麼成功，有想過……趁這個機會回來發展嗎？疫情爆發後紐約的工作也不容易吧？」

「不，我想繼續待在紐約。」

「你在紐約過得去嗎？我跟你妹都搞不清楚你究竟都做些什麼工作養活自己？你也不讓你妹匯錢給你……」

「爸……我活得下去。」

「你幹嘛閃避我的問題？我是在關心你都做些什麼工作賺自己的生活費？告訴我們你做什麼有什麼難的？是教琴？演出？還是？」

「……」

「我在市政府上班，你妹也在市政府上班，我跟妳妹妹是靠公務員薪水生活，那你呢？」

「……」此刻的李風答不上話，他無法如實告訴父親他究竟靠什麼養活自己。

「風，你是堂堂茱莉亞音樂學院畢業的鋼琴碩士！你的工作不就是跟鋼琴、跟音樂有關的嗎？有什麼不能告訴我們的？你又不是去做見不得人的事！」

「我……在教琴……」

「你真彆扭，悶了老半天……不就是教琴嗎？真是的！紐約教琴比台灣高吧！所以你不想回來發展是嗎？是這個意思吧？」

「應該是……」

「你有幾個學生？都是多大的人？真的夠你生活嗎？」

「五個大人，夠我生活。」

「才五個學生就夠你生活？紐約生活費那麼貴！風，你的鐘點費很高吧？」

「嗯……」

「待在紐約也好，不用那麼辛苦賺錢，你的學生都是有錢人吧？」

「是的，爸。」

「那就好，讓有錢人養著你也好。旅居紐約的鋼琴家也好聽，台灣的經紀公司就會找你回來演出，像這次一樣，這麼成功，連我的處長都親自到來我的辦公桌前，特地跟我說了好幾聲恭喜。處長他第一次這麼客氣地跟我說話，風，你讓我很有面子。」

「你高興就好。」

李風第一次這麼順著父親說話，雖然言不由衷但父親滿臉開心得意，沒有注意到兒子眼神低沉閃爍，李風對自己竟能編織這一長串的謊言感到意外，當下他也終於體會什麼是「善意的謊言」。然而就在洗菜的時候，黛比的那盆花又出現在他腦海，又讓他不安了起來。

李晴下班回到家看見這兩個男人已經煮好一桌美味佳餚興奮不已，她發現父親一臉的笑容，想必跟哥哥相處愉快，但是李風似笑不笑的神情讓她感到疑慮。

晚餐時，父親話相當多，兄妹倆像個乖巧的聽眾，不是點頭就是低頭吃飯。一頓表面歲月靜好的晚餐，李風努力配合演出，壓抑的情緒導致他的胃開始不舒服，但他強逼自己隱忍著。

晚餐過後李晴搶著說要洗碗，要他們兩人去客廳休息，李風則說要回房回覆一些信件，「快去！快去！你忙！現在你紐約那些有錢的學生們應該吃過早餐了，可能在等你回信呢！」父親揮揮手說。

李風像躲颱風一樣迅速躲回房間，一進房關上門他就攤在床上，嘆了好幾口氣，瞪著天花板上的日光燈，原來說謊跟做愛一樣這麼耗體力。

當然他發現自己不一樣了，面對父親懂得變通、懂得圓融，更懂得打太極拳。他不知道這是好是壞，畢竟他已經沒有力氣再去掀起另一波風暴。善意的謊言讓父親、讓這個家平安無事，那就應該算是盡到孝道，發揮了善意。

「哥……我可以進來嗎？」李晴敲門問。

「進來啊！」

「哥……你知道曉鈴姊有看到我在我的臉書PO你演出活動的消息吧！」李晴進房後輕輕將房門關上後坐到床邊。

「嗯，我們在台北見面的時候她有跟我說，怎麼了？」李風問。

「她前幾天有打電話給我……要我關心你……關心你的財務狀況……」李晴眉頭深鎖說。

李風一聽坐了起來：「她幹嘛這樣講？」

「她說你在紐約生活很辛苦，如果需要她幫忙，她會將錢先匯給我，再轉匯給你。哥，我們兄妹倆從小從不隱瞞任何事，曉鈴姊說讓你知道也沒關係，她說你不會給她帳號的，所以她可以先匯給我。」

「妳聽她胡扯！」李風有點不知所措。

「哥，我覺得曉鈴姊不是個會胡扯的人，你們都在紐約念書，你比我更了解她。她似乎知道什麼但不講出來。哥，她最後講了一句話……」

「什麼？你說！」

「我……我不想失去在台南出生的李風。」

李晴從小對哥哥從不保留，她有點膽怯但認真地看著李風說話。

李風揮手示意李晴出去，她起身離開，關房門前回頭跟李風說：「哥，不管你發生什麼事情，不管你變成什麼樣的人，我會一直在你旁邊，除了兄妹，我們也是一輩子的好朋友，這是媽臨終前的心願，她說我們是相依為命的好朋友。」李晴用異常冷靜又溫和的口吻說著。

「連我變成壞人，你也會在我旁邊？」

「會！你會變成多壞的壞人啊？曉鈴姊……她還說你是她所認識最善良的人。」

李晴說完後輕輕關上門，逕自為兄妹倆的對話下一句結論，因為她相信她哥。

但曉鈴那句「我不想失去在台南出生的李風」，像個魔咒開始折磨著他，他越想越難受，一股懸而未決的空氣鼓脹著他的胸腔，他覺得自己快要窒息了。

他走出房間到隔壁李晴的房間門口敲問：「小晴……小晴……哥有話要跟妳說……」李晴即刻打開房門，她看見李風臉色蒼白，但沒說半個字逕自坐在床邊等他說話。

「小晴……我目前財務狀況很好，因為……」

「嗯，哥，我知道你在教琴，爸說你教的都是紐約有錢人……」

「我……我沒有在教琴。」

「啊？那你？做什麼工作？為何要騙爸說你在教琴？」

「我是Gigolo。」

「Gi……？這個英文字是？」

「G-i-g-o-l-o，你喜歡的一部電影《美國舞男》（American Gigolo）……」

「你？你在做舞男？哥！你在開我玩笑吧！」

李風不禁落下淚來，抱住泣不成聲的李晴在她耳邊說對不起，然後起身離開。

他們不知道父親剛剛在門外偷聽到了一切，他淚留滿面摀住嘴巴早李風一步悄悄回他的房間。

今晚這漫漫長夜對他們三個人來說真是個漫長的酷刑。

終於等到清晨五點半，李風靜悄悄地叫了一部車去機場，離開前放了一個信封在餐桌上。

父親聽到他關門的聲音後才走出房門，看到李風放在桌上的信封，他打開來看裡面是台幣三十萬元和一張紙條：「我先回紐約了。」他眼眶泛紅咬牙切齒地說：「這……這畜生……這……這孩子。」淚水如洩洪般在他滄桑的臉上停不下來。

10

■第五大道最後一夜

「Olive，你好嗎？」

「戴比，我很好，我還在調時差中。」

「你那麼年輕怎麼要調這麼久？我請人幫你按摩按摩讓你放鬆一下，如何？」

「我……我不知道。」

「你不知道？你在說什麼呢？明天下午可以過來嗎？」

「我……」

「我想你，我們見面聊好嗎？」

李風知道自己不能逃避面對黛比，回台灣之前如果沒有黛比對他的鼓勵和支持，他在台灣的演出不會這麼順利，除了他在台北脫序演出的最後一首蕭邦夜曲。是黛比讓他重拾演奏台上的自信和勇氣，為他用心安排一場場家庭音樂會演練，陪他在公園裡散步訓練他如何呼吸和自處。她意外現身台灣，使得他瞬間崩盤，然而真正的原因是他自己內心隱藏的障礙，傳統道德約束的障礙，並非黛比的問題。

現在他的腦海裡有很多念頭在團團轉著圈圈，他需要找人談談，他第一個想到蜜拉，但是蜜拉跟他終止顧客關係的時候說：「除非發生緊急狀態，不然我們倆暫時先不要見面比較好，你懂我的意思吧？」他顧不了這麼多了，任性地拿起手機打電話給她。
電話響了很久才接聽。
「蜜拉？我是李風，可以說話嗎？」
「My friend，發生緊急的事了嗎？」
「我不知道算不算緊急，但我想和妳聊聊……」
「你為何不去第五大道呢？」
「我們還是朋友嗎？」
「是啊！但我現在跟我男友在希臘克里特島，你有事要找我，可以等我回紐約再說嗎？」
「明白，那我先去第五大道好了，祝妳旅遊愉快！」
「My friend，只要你還活著，沒有任何事情是過不去的。」
「嗯……我就是想聽妳說這句話，謝謝……」
「好好活下去，知道嗎？My friend。」
跟蜜拉雖然只簡短的說了幾句話，但足夠讓李風在煩亂的思緒中找到一個出口。
他走回房間找件外套穿上，然後打電話告訴黛比，不用等明天下午，他現在就可以去她家了。黛比聽了顯然非常開心，即刻交代管家佣人們張羅好晚餐，並請他們提早下班離開，她要單獨一人等著李風的到來。

李風走在布希維克初秋的街道上，觀察到一排排的樹木已經漸漸轉成金黃色或深紅色，夏天真的離開了，短短兩個月時間卻讓他感到恍若隔世。他特意放慢腳步，抬頭看看大自然的變化，腦海裡開始準備今晚的講稿，畢竟要用英文跟黛比溝通，需要點時間醞釀，並找到恰當的英文字彙和表達，不時他用手機的翻譯軟體再三確認相關詞彙。到了車站月台，地鐵剛好來了，但他故意假裝沒搭上，等下一班。李風就這樣磨磨蹭蹭花了比平常多出半小時才到黛比家。

黛比開門一看見李風，什麼話都沒說就直接熱情地擁吻他，飢渴地狂吻著李風的雙唇。

黛比家是一層兩戶，隔壁鄰居是家媒體公司的總裁，以前李風來的時候，她一定會先讓李風進到屋內後再關上門親吻他；但今晚她卻毫無顧忌地就站在門口跟他激情相吻，李風也任她擺布。

黛比穿著白襯衫和牛仔褲，襯衫鈕釦沒扣也沒穿胸罩，直接袒露出赤裸的雙乳，這是她為迎接李風到來的裝扮。她握住李風的手去抓撫她的胸部，還故意發出淫蕩的聲音，李風抽回手摟出她的腰，將她抱進屋內後即刻關上大門。

「黛比，妳有隔壁鄰居啊！」

「那又怎樣？我的情人！」

「我不想被他們看到……」

「好啦！我真想你！Olive！我們先做愛再吃晚餐好嗎？」

「不，我……我是來跟妳說一件事的。」

「什麼事？你要結婚啦？」

「不是。」

「那為什麼不能先跟我親熱呢？我已經渴望著你的進入了……Olive。」

黛比突然像個小女孩，邊說邊假哭，雙手開始在李風身上來回撫摸著。李風心想這是跟她的最後一次了，便抱起她走向臥室。黛比變輕盈變瘦了，整個人感覺也變年輕了，她深情的眼神和性感的胴體幾乎快要融化掉李風原本準備的講稿。這次李風也像個熱情好奇的大男孩，不斷探索黛比的肉體，最後一次竟像第一次般神聖。他盡可能的讓她享受歡愉，這是印度愛經教會他的其中一個哲理——男人要給女人快樂。

「我想請妳安靜不要說話，讓我吻遍妳的全身，然後我會進到妳身體裡的花園，深深地進到妳的花園裡，停在那裡感受妳的滿足和快樂。我們做完愛後，請妳穿上優雅漂亮的衣服，我想陪妳出門，在樓下的第五大道上散步聊天；走累了，我們可以找家酒吧坐在吧檯喝酒，如果你還有體力，我可以陪你走到東河看日出，最後一夜……我希望妳就是個快樂的女人，一個平凡又快樂的女人。」

李風像唸一篇詩歌一樣，剎那間讓空間和時間都寧靜了下來，黛比嘴脣微微發抖，眼裡盡是不捨和淚水，快樂的淚水。

第五大道的最後一夜。

11

■布希維克的秋天

——電影導演英格瑪．柏格曼（Ernst Ingmar Bergman）曾說：「人生是段痛苦的旅程，不值得信賴的愛情卻是唯一的休息站。」

二〇二二年已過了四分之三，世界依然不安，紛爭和疫情此起彼落，然而日子還是要過下去。芸芸眾生中不乏像 Aaron 這樣積極正面的人，Chispa 關閉後他去了一家當地媒體 Bushwick Daily 擔任業務、顧客服務和募款，他一直嚷嚷薪資不多，所以週末或假期時間常有兼差的工作。李風都記不得到底 Aaron 做過哪些工作，他只知道唯一沒有做的是舞者。Aaron 對於自己不再是專業舞者似乎蠻淡然的，從來沒有聽他說過半句遺憾，除了上班和兼差打工之外，前陣子還發現他在寫詩以及幫劇場寫劇本，不過他說沒有酬勞。

這間兩個男人共租的小公寓，截至目前為止只有曉鈴和郁文兩個女人來過，Aaron 從未帶過女人或男人回家，但是他經常會外宿朋友家，至於什麼朋友，李風也從沒想要問他。這兩個男人自從 Chispa 關閉後，各忙各的，最多僅在周末偶爾剛好都待在家裡，彼此聊上幾句話。Aaron 很愛吃李風做的菜，他看李風在家就從房裡拿出一瓶紅酒說：「你做菜，我供酒，如何？」

他與 Aaron 是舞團的舊同事、Chispa 的舊同事和室友，交情匪淺，不過不談個人隱私，有時候 Aaron 會在桌上留張紙條問：「Victor，你還過得去吧？」李風會在紙條上寫 OK 回覆他，旁邊放個保鮮盒內裝他做的滷雞翅，這是布希維克芸芸眾生中一對可愛又真誠的室友好友。

李風自從不再進城工作之後，他多半待在家裡上網勤奮地找工作，其他時間則在布希維克一家叫 Nook 的咖啡館打工，之前 Chispa 的同事 Rex 將自己的打工鐘點轉給李風，因為 Rex 已經申請到了美國傅爾布萊特（Fulbright）獎助金，準備啟程要去台灣教中文。他第一時間就問李風有沒有興趣去接手他的鐘點。由於 Nook 位處布希維克人潮聚集中心，生意好、工作環境也好，也跟 Chispa 一樣每週都有藝文活動的規劃，只是沒有鋼琴而已，是住在附近的文青族夢幻打工的地方。

Nook 是李風喜愛去的咖啡館，他立刻接手 Rex 的工作。每週三天對他而言沒有太多時間壓力，他既有充分的時間繼續找工作，以及尋找思索新的未來；而咖啡館內沒有鋼琴對他來說最好不過了。

這家咖啡館跟 Chispa 一樣有兩面落地窗，優越的商圈位置總是滿座，四季生意興榮。

由於客人絡繹不絕，李風工作的時候雙手幾乎沒停過，上班時間根本沒空看手機，但他很享受這份工作帶給他的忙碌和充實。

九月十一日這天下班後，李風想去 Maria Hernandez Park 散散步。初秋的傍晚，夕陽西下前最是美麗，公園內有個寵物專屬區，李風很愛待在旁邊看各家小狗交朋友玩在一起的快樂景象，他覺得很療癒，也可解他對小時候自家小狗的思念。而這時候他也終於有空看手機。

蜜拉竟然寄來了一封 email：「李風，你都好嗎？來信是因為我們網站收到一個會員的來信要求，希望與你認識見面，但我回覆她你剛離開這個產業了。我還問她是誰介紹她進到我們這個俱樂部的，她說她無法回答我。我拒絕了，但她竟然匯了一千美金來當訂金，並留下她的地址要我轉給你，由你來決定要不要見她，時間是明天晚上八點。」

李風看了那個地址，臉色大變，不可置信，心裡直喊：「這是怎麼回事？」

他立刻打電話給蜜拉：「蜜拉，是我，妳方便跟我說話嗎？」

「可以啊！你看了我的 email 了？」

「我在妳跟黛比的俱樂部裡怎會有照片與資料？」

「沒有人會看到你的臉，我們只放背面照片，以及名字Olive而已。你離開後的隔天我就撤掉你的照片和名字了，她顯然是之前看到的，可能是黛比的朋友，朋友的朋友吧！」

「背面照片？」

「你忘了嗎？在……我客廳（很小聲）……你站在電子鋼琴前面拍的，我說你的屁股很好看（很小聲），那張照片你看過的。誰會知道那是誰啊？你當時也是這麼說的。」

「這個女人叫什麼名字？」

「她留的名字是Rain。」

「她說你要不要去她家，由你決定，你若決定不去，她不會要求拿回訂金，當作是贊助我們。她還寫說她非常認同我們這個俱樂部，謝謝我們為女人創造福利。真是怪，你說是不是？」

「蜜拉……」

「李風，我知道你不想去，那就不要去也沒關係。我將這封email當作跟你重新聯繫的藉口，你好嗎？」

「我……我應該很好。」

「我們仍然是朋友。」

「蜜拉，我知道。」

「你會好好活下去對吧！不管你清不清楚以後要幹嘛，對吧？你需要時間摸索。」

「嗯，活著就有希望，至於活著的意義……往前走……一直往前走，總會明白吧！」

「沒錯！李風，要好好的！再見！」

「再見！蜜拉……」

這段時間好不容易活出來的平靜，一下子被蜜拉剛轉來的這封 email 和上面的地址全毀了，李風依然不敢相信自己看到的那個地址，「明天晚上八點……明天晚上八點……」他心跳加速喃喃自語，這時公園裡一隻可愛的傑克羅素梗犬對著李風搖尾巴，主人是個年輕漂亮的拉丁裔女孩，也對著李風微笑，李風神情木訥兩眼茫然的看著小狗，牠突然輕輕叫了兩聲好像對李風說：「你怎麼啦？」

一陣秋風吹拂李風的臉，他回過神來，小狗還在他的腳旁搖著可愛的小尾巴，他蹲下身體摸了摸它的頭：「Have a good day！」沒等主人想跟他打招呼就跑走了，離開公園直奔回家。

李風煎熬等待這漫長的二十七小時，這個晚上的八點終於快到了。

他走下樓，站在大門口，等這個女人。

布希維克晚餐之後街上幾乎沒有人，格外安靜。

這時前面路口出現一個身影，越來越近……是她！怎麼會是她！

「周曉鈴！妳幹嘛？」

「李大風！不！Olive！你幹嘛？我是你客戶啊！我付訂金了，包包裡帶著現金尾款！你讓我上樓去你房間啊！」

「妳發什麼神經？」

「我是你客戶耶！我很正常啊！」

「妳來紐約幹嘛？」

「紐約又不是你家！你管我來紐約幹嘛！Mr. Olive！你這是對待客戶的態度嗎？」

「曉鈴，妳到底想幹嘛？妳……」

「我想幹嘛！我才要問你！你到底在幹嘛？你在做什麼？幹！Fuck！要不是我認出你屁股上那兩顆痣，Fuck！我還真不敢相信是你……你是那個俱樂部的紅牌牛郎！喔！M夫人說你是獨具風格的女性菁英男伴！Fuck！Fuck you！」

「妳講話小聲一點！妳是想罵髒話給全世界聽是嗎？妳去參加那個俱樂部幹嘛？妳錢太多是嗎？」

「我錢太多！我寂寞！我要買你！這是我的自由關你屁事！Fuck you！」

「妳嘴巴乾淨一點！這是街上！OK？我不賣妳！妳給我滾！我會還妳訂金！妳給我滾！我不想見到妳！滾！」

李風失控對她大吼，曉鈴搧了他一巴掌。

「Victor！你還好嗎？喔！哈囉！Rose？是妳？妳好嗎？」這時Aaron在樓上開窗往下看。

「我很好！我跟他在討論事情。太大聲了，對不起！」曉鈴抬頭對Arron說。

「沒關係，待會上來囉！請妳喝酒。」Aaron揮了揮手。

「謝謝Aaron！我一定會上去的。」曉鈴凶狠地瞪著李風。

「妳……妳為什麼會知道……我……」

「是郁文發現的！你記不記得她之前在紐約的最後一個工作？交友APP公司的行銷總監！她說公司幫她付錢讓她參與各個交友APP網站，深入了解這個產業。她老闆的合夥人介紹她進到一個高級神祕的俱樂部，誰知道她竟然看到你的照片！不！是你光溜溜的屁股！屁股上的那兩顆痣！她說你不跟她上床，但她趁你熟睡的時候脫光你的衣服欣賞你的身體，記憶最深的就是屁股上那兩顆痣！」

「郁文……」

「對！就是郁文！她將照片傳給我還問我看過嗎？我當然騙她沒有！可是她說我猶豫了兩秒才回答，她說她不相信我，就掛我電話了。」

「那妳……妳……現在……」

「她後來寫了一封長信給我，她說她原諒我騙她這件事，但她說我應該關心你，如果那個人是你的話！她還說……我一直愛著你，為什麼要將你推給她、推給別人？難道真的因為你沒錢嗎？」

「曉鈴……」

「沒錯！因為你沒錢！一個前途茫然的鋼琴家！我會害怕！但萬萬沒想到你竟然去當 Gigolo 賺錢！」

「我當 Gigolo 關妳什麼事！妳既然害怕跟沒錢的男人在一起，那妳今天來找我幹嘛？」

「真正忘不了你的是我，郁文生病後一直想要自殺……嚇到了我，原來死亡隨時就在身旁，我如果不勇敢一點試著跟你在一起就死了，這一生我會很遺憾，即使後來我們分手了……」

「曉鈴……曉鈴……我對不起妳，我……我其實也一直忘不了妳。」李風上前將她整個人抱住。

「李風，對不起。」

他們互相緊緊抱著對方哭泣，嗚咽抽搐的聲音瀰漫整條街道，Aaron 又再次開窗往下看，這次他沒有說話，嘴角浮現一絲笑意後輕輕將窗戶關上。

過了許久，李風牽著她的手上樓，曉鈴嚷嚷著說她很餓，一整天都沒吃東西。李風說他也是，但冰箱是空的，他要出去到街道轉角的商店買點吃的東西。

當李風走到商店門前面時，手機簡訊響起。

一則，蜜拉傳來的：「My dear friend, Happy Birthday！」

另一則，是曉鈴的：「我親愛的新冠舞男 Covid Gigolo，生日快樂！」

來了一陣風，吹落街道樹上的黃葉，李風抬頭仰望星空，跟著風中起舞的葉子說：「生日快樂！」

Covid Gigolo 新冠舞男 / 黃莉翔作 . -- 初版 . -- 臺北市 : 時報文化出版企業股份有限公司 , 2022.10
面； 公分 . -- (city ; 98)
ISBN 978-626-353-001-0(平裝)

863.57 111015457

ISBN 978-626-353-001-0
Printed in Taiwan

City 98

Covid Gigolo 新冠舞男

作者 黃莉翔 ｜ 攝影 黃莉翔 ｜ 校對 黃信琦 ｜ 主編 謝翠鈺 ｜ 企劃 陳玟利 ｜ 封面設計 朱疋 ｜ 美術編輯 SHRTING WU、趙小芳 ｜ 董事長 趙政岷 ｜ 出版者 時報文化出版企業股份有限公司 108019 台北市和平西路三段 240 號七樓 發行專線—(02)2306-6842 讀者服務專線—0800-231-705・(02)2304-7103 讀者服務傳真—(02)2304-6858 郵撥—19344724 時報文化出版公司 信箱—10899 臺北華江橋郵局第 99 信箱 時報悅讀網—http://www.readingtimes.com.tw 時報出版臉書—http://www.facebook.com/readingtimes.fans ｜ 法律顧問 理律法律事務所 陳長文律師、李念祖律師 ｜ 印刷 勁達印刷有限公司 ｜ 初版一刷 2022 年 10 月 14 日 ｜ 定價 新台幣 380 元 ｜ 缺頁或破損的書，請寄回更換

時報文化出版公司成立於 1975 年，並於 1999 年股票上櫃公開發行，
於 2008 年脫離中時集團非屬旺中，以「尊重智慧與創意的文化事業」為信念。

@1440
BUSHWICK COLLECTIVE
JESUS IS GOD

EXIT